MINGUO TONGSU XIAOSHUO
DIANCANG WENKU

民国通俗小说典藏文库·顾明道卷

国难家仇

顾明道◎著

范烟桥◎评

中国文史出版社

顾明道和他的小说（代序）

张赣生

在本世纪（指二十世纪）二十年代末，能与“南向北赵”并称的武侠小说作家只有顾明道。

顾明道（1897—1944），原名景程，江苏苏州人。他八岁丧父，自幼体弱，上学时膝部患骨结核（中医所谓骨痨）致残，行动依赖拄拐。他毕业于教会所办的振声中学，因学习成绩优秀，即留在该校任教，并受洗为基督教徒。1922 年，范烟桥移居苏州，范氏在辛亥革命的时候就曾与友人组织“同南社”，诗酒唱和；这时又于七夕会同赵眠云、郑逸梅、顾明道等九人组织“星社”，以文会友。顾氏由此结识了一批文友，他一生的文学活动大体未超出这个小团体的范围。顾明道因一直希望医好腿疾，所以结婚较迟，抗战爆发后，他和母亲、妻子全家移居上海，苏州的家产毁于战火，从此落入贫病交加的处境中。他一生以教书为业，战前一直在苏州振声中学执教，迁居上海后一面写作，一面仍自办补习学校，招生授课，直至肺结核把他折磨得卧床不起才停办。病重时生活无着落，全靠朋友周济，终年只有四十八岁，身后凄凉。

了解了顾明道一生的经历，有助于我们客观地认识和评价他的小说。

从顾明道一生经历来看，腿残、留校执教、参加星社，这三件事深刻影响着他一生的文学事业。民国初年的上海，盛行哀情小说，即文学史上称之为“淫啼浪哭”的时期。1912 年，徐枕亚的《玉梨魂》和吴双热的《孽冤镜》在《民权报》同时连载，随即又连载李定夷的《霣玉怨》，流风所被，一片哀音。顾明道就在这种风气的影响下，开始试写小说，那时他只有十七岁，尚未成年。他的处女作是短篇言情小说，发表在高剑华主编的《眉语》月刊上，这是一份以知识妇女为读者对象的刊物，脂粉气很重，在该刊的创刊号上发表了一篇阐明办刊宗旨的《宣言》，其中说：“花前扑蝶宜于春；槛畔招凉宜于夏；倚帷望月宜于秋；围炉品茗宜于冬。璇闺姐妹以职业之暇，聚钗光鬓影能及时行乐者，亦解人也。然而踏青纳凉赏月话雪，寂寂相对，是亦不可以无伴。本社乃集多数才媛，辑此杂志，而以许啸天君夫人高剑华女士主笔政。锦心绣口，句香意雅，虽曰游戏文章、荒唐演述，然谲谏微讽，潜移转化于消闲之余，亦未始无感化之功也。每当月子弯时，是本杂志诞生之期，爰名之曰《眉语》，亦雅人韵士花前月下之良伴也。”看了这篇《宣言》，读者当能了解此刊物的性质。顾明道在 1914 年左右开始写小说时，选中这样一个刊物投稿，也就表明顾氏本人的性格难免有些多愁善感的脂粉气。

我指出顾氏性格中的脂粉气，因为这决定着他文学作品的基调，丝毫也没有嘲讽顾氏之意，每个人都在一定的环境下养成他的性格，这没有什么可嘲讽的，我们要研究的只是事实。郑逸梅在《悼顾明道兄》一文中提到两件事，其一为：“明道最初的作品，刊登在许啸天所辑的《眉语》杂志上，该杂志多载女作家的文字，他就化名梅倩女史，撰着短篇小说。有一位读者，是登徒子之流，写信追求他，缱绻缠绵，大有甘伺眼波之意。明道接到了信，大笑之下，用梅倩具名答复他。那个登徒子欣喜欲狂，寄给他一帧照片，请他交换‘芳影’，并约他会晤某园。明道到这时，才用真姓名自行揭破。这一段趣史，明道时常讲给人听的。”其二为：“《江上流莺》稿成，我曾为他写一小序，有云：‘江山摇落，风雨鸡鸣，我侪丁斯乱世，应变无方，干禄乏术，臣朔饥欲死，乃不得不乞灵于不律，红茧缫愁，绿蕉写恨，借以博稿资而活妻孥。社友顾子明道固与予相怜同病者也。’明道读了，亦为之感喟百端，不能自已。”当时正值日寇侵华，人民生活困苦，对此局面“感喟百端”也是情理中的事，我们不必咬文嚼字，过分挑剔；但达到“不能自已”的程度，就难免少些丈夫气了。以上两件事都可证明顾氏确有些多愁善感的脂粉气。

顾明道养成这样一种性格，固然与前述民初上海文坛的时尚有关，在当时一些人的心目中，唯其如此才配称为“才子”，少了贾宝玉味道就被视为粗俗；但是就顾氏本身的内因而言，腿残对他心理上的影响，恐也不容忽视。肢体的残疾不仅影响着顾明道的性格，也限制着他的行动。郑逸梅《悼顾明道兄》一文说：“这时他在吴门振声中学担任教务，因不良于行，往返不便，所以他住在校中。”顾氏是一位多半生未离他那中学小天地的人，缺少广泛的社会生活经历，在这方面，他既不能与同时的“南向北赵”相比，更不能与后来的“北派四大家”同日而语。对于这样一位学生出身，生活面狭窄，又多愁善感的作家来说，写言情小说自然是最方便的，他可以坐在家里凭自己的情感体验来打动读者，只要情感诚挚，哪怕写的只是他个人的小天地，也总会有其可取之处。但自向恺然《江湖奇侠传》引起轰动之后，报刊编者和出版商均热心于武侠一途，顾明道为适应这一潮流，便也改弦易辙，于1923年至1924年在《侦探世界》杂志发表武侠小说。1929年，他由杭返苏，途经上海，与当时主编《新闻报》副刊《快活林》的星社文友严独鹤相会，恰逢《快活林》需要连载长篇武侠小说，严约顾撰写，这就促成了他一生的代表作《荒江女侠》的问世。

《荒江女侠》刊出后竟大受欢迎，同年冬，上海三星图书局向新闻报馆购买版权出版单行本，至1930年8月已翻印四版，1934年11月更达到十四版，这在当时是很可观的销行数。可见其轰动的程度。由于此书畅销，顾氏也就续写下去，共出版了六集，并被友联公司改编为十三集连续影片，上海大舞台、更新舞台也改编为京剧连台本戏，风靡一时，大有凌驾《江湖奇侠传》之上的势头。这部小说之所以能取得如此出人意料的效果，今天的读者或许很难理解。当时最著名的武侠小说，是“南向北赵”的作品，向恺然连缀民间传说，自有其吸引人的一面，但却少了点爱情纠葛、哀感顽艳；赵焕亭的《奇侠精忠传》据说原有不少狎媟的描写，因而触犯禁例，出版时经过删削。顾明道于此际把武侠、恋爱、探险等成分捏在一起，就给读者一种新鲜感，满足了十里洋场那特定读者群追求新奇、热闹的要求，正如严独鹤在《荒江女侠序》中所说：“以武侠为经，以儿女情事为纬，铁马金戈之中，时有脂香粉腻之致，能使读者时时转换眼光，而不假非僻之途，不赘芜秽之词。是以爱读者驰函交誉。”

顾明道用以吸引读者的另一个办法是写“冒险”，他在谈及自己的作品时说：“余喜作武侠而兼冒险体，以壮国人之气。曾在《侦探世界》中作《秘密之国》《海盗之王》《海岛鏖兵记》诸篇，皆写我国同胞冒险海洋之事，与外人坚拒，为祖国争光者。余又著有《金龙山下》一篇，可万余言，则完全为理想之武侠小说也，刊入《联益之友》旬刊中。又曾写《黄袍国王》长篇说部，记叙郑昭王暹罗之事，曾刊《大上海报》，后该报停版，余亦中止，他日拟出单行本以飨读者矣。又新著《龙山争王记》，则方刊于《湖心》周刊中，该刊为西湖小说研究社出版者也。曩年余为《新闻报·快活林》撰《荒江女侠》初续集，尚得读者欢迎，今由三星书局出单行本，三集亦在付梓中矣；又为《小日报》撰《海上英雄》初续集，则以郑成功起义海上之事为经，以海岛英雄为纬，以上两种皆由友联公司摄制影片。又尝作《草莽奇人传》，则以台湾之割让，与庚子之乱为背景也。”（转引自郑逸梅《悼顾明道兄》）所谓“冒险体”或“理想小说”，显然是接受了西方的小说观念，是指类似斯蒂文生《宝岛》或斯威夫特《格列佛游记》的体裁，譬如他所著的《怪侠》，写一个身负绝技的革命者，失败后率党徒逃亡海外，去非洲探险，与当地土著争斗，称雄异域，即是一例。

就顾氏的为人来说，他是一个正直、爱国的书生。“一·二八”日寇进犯上海，顾氏写了《国难家仇》《为谁牺牲》等小说，表示了他作为中国人的同仇敌忾之心。顾氏一生写过五十多部小说，以武侠和言情为主，也有社会、历史、侦探等作，他临终前，春明书店出版了他的最后一部作品《江南花雨》，这本小说具有自述的性质。

目　　录

范　序

日本侵我淞沪，举国震惊。苏州密迩战区，更同八公山下。明道以病足，恐一旦不测，弗获安全，乃举室他避。其间，风雪轮车，饥寒惊恐，困苦殆无可言状。兵罢苟安，归来与余慨论士习之媮，心心之溺，已至大衰之境。吾心日常摇笔舒纸，以事涂抹，不能潜化道德，深激志气，至有今日。若不幡改，宁有涯涘。余闻之兴起，爰有《珊瑚》半月刊之辑，以文化救国为乐，虽知大言可惭，要亦维力是视。而明道首以《国难家仇》说部是飨，逐回披露，始终无间，凡二十二回而止。其间排比校雠，每回必两度过目，于全书脉络筋节如X光之洞见无遗，丁癸在胸。不唯意存激励，有悲歌慷慨之观，即用以默缀穿插之情爱故事，亦莫不导之以正，而妙在不作迂夫子酸头巾语，自与寻常诱惑性文字有上下床之别。此印明道特有之作风与个性也。

余常读章回小说为现代描写最不易工，以战事任侠为尤难。盖于戏剧，于评话，耳习闻见者毕古代之武艺，笔之于书，自能逼真。若描写现代一切事物，非由经历，必为揣摩开门造车，何能合辙？罗雨峰所谓，画鬼易，画心难者，即此意也。明道于《国难家仇》笔尖搬运之新事物，皆能恰合分寸，虽其博物广学，有以至此，要亦灵心妙手，是以应付耳！

三星书局将汇刊单行，属余加评，且为序，因杂写实况，以为读者介。盖余平生不惯打谎语也。

二十二年秋分日范烟桥序

于苏州珊瑚半月刊社

金　　序

四郊多垒，胡马南牧，使四万万炎黄之胄长作尺蠖之屈而受异族之棰策者，是谁之责欤？

自辽沈烽烟，旌旗变色，防倭之策未筹，弃城之恨长在。纵民气犹未消沉，志挥鲁戈，以图借一，而觥觥干城，崇尚和议，卒致边月失明，海云无色，举数万里膏沃之地拱手让人，犹不敢作挽弓之报，可慨也夫。然丁斯风雨晦冥之际，能作大音声，号呼而起，秉不屈不挠之精神，挥白挺，冒锋刃，崛强于铁蹄之下，以与倭奴抗。纵使强弱悬殊，利钝莫敌，而据险阻，忘生死，恃血气之凭陵，忍肝脑之涂地，批元捣虚，出奇制胜，掷数万头颅以冀挽尺土寸地，而为国家民族争光荣者，其所谓东北义勇军者非耶？

若乃彼义军者，不食国家之禄，不撄廊庙之赏，孤军崛起，远隔绝塞，械钝粮空，挽输不达，徒以血肉之躯，与强敌之坚甲利兵苦斗于穷边荒徼，祁寒风雪之中。是其形格势禁，艰难困乏，而不致覆亡者几希。天不悔祸，小人道长，复何言哉？

洎乎今日，登高以望长白山头、松花江畔，腥膻之气，郁乎弥乎，欲求义军抗强敌出入锋镝之间者，已不可复得。徒见衰草萧瑟，白骨巉巉，苍鹰盘空，时发悲唳，景象已全非矣，哀哉！然而义军之功绩，固不可泯也。知其迹之不可泯，而为之述作以传世者，是又谁之责欤？

吾友顾子明道，博学好文，循循尔雅，亦今之有心人也。彼观夫倭奴之可杀，义军之可敬，且欲唤起吾国民，莫长此酣嬉聋聩，忍受强梁者之蹂躏，宁默默以终其生，乃作《国难家仇》说部以行世。

我爱其书，更爱其人，既嘱我序，何可以无辞？

癸酉初秋

吴江季鹤金芳雄序于小江山馆

徐　序

九一八两周纪念之日，风雨晦冥，彼苍亦示垂吊我人惨痛难伸之苦乎？抑不佞尝于一昨观苏联诗人特力雅可夫在我华目睹之万县事实，而编成之惨剧，由勇敢之戏剧协社诸同志上演，译名曰《怒吼吧——中国》，剧中尽情暴露帝国主义之凶焰与威权，观后凡有血气之俦，弥不百脉奋张．怒吼着打倒帝国主义。

嗟乎！国力不充，更益以自相残杀，内争不息，外侮斯召，水利不修，常肇灾祲，斯民何辜？生于今日之中国固欲怒吼亦不可得。三省沦亡而后，继以热河。倭奴铁蹄所经，城市为墟。淞沪、塘沽之协定，何异城下之盟？

两年来，有志之士愤未抵抗之非计，秉匹夫有责之训，不顾自身之存灭，唯祈于拼命中能达还我河山之望。巨知敌有犀利之军械，轰炸之飞机，温暖之服装，充足之粮糇，在在得占上风。我之义勇军则既无后援，只鲜粮秣，持敝窳之武器，衣单薄之衫裤，于冰天雪地中，与敌周旋。虽有热血，宁足与匹？所以，马、丁、李、王诸抗日名将，莫不一一失败，或退异域，或被俘获，而士卒葬身之惨，我笔宁忍再述？

呜呼！除十九路军外，大兵百万，枕戈空待，坐视边围失去，日蹙百里，仍须斯民自动反抗，则有兵实不如无兵。矧频年内战，皆军阀之厉阶，否则何至元气斫丧致是？有炮台而不能守，有飞机而未敢用耶？

我友顾明道君，爱国之心不下于人，徒以身弱无力，病魔困顿，未能效班超之投笔，爰搜集现代关于义军杀敌史料，演成说部，轰轰烈烈。同胞阅之，至少可以振作精神，毋忘国仇。更可联想到犹在关外挣扎之残余义军，悲壮杀敌之豪举。虽然，此固未足兴士大夫语也。

大中华民国二十二年九月十八日，沈阳失陷国耻日

同里徐碧波序于帝国主义集团下之上海

郑 序

我友顾明道君，履于体而雄于文，自《啼鹃录》《荒江女侠》问世，海内读者为之击节叹赏，而各杂志日报，相率罗致君之长篇，以为号召。于是同时撰说部五六种，绮交脉注，气足神完，又无不各极其妙。笔之劳之，墨之瘁之，而君病矣，病且不能入寐。侪辈忧之，咸以休养为劝。君亦自知长此以往，精力不克，继为之稍稍辍止。

及一·二八事变发生，君痛于强冠之侵凌，生灵之涂炭，乃奋起病榻，捉笔写《国难家仇》一书，随作随付烟桥揭诸《珊瑚》，借以激励人心而振作士气。读之令人莫辨其为文字，抑为血泪，不敢以寻常稗史目之。其价值自在《啼鹃录》及《荒江女侠》之上。椠为单本，固为吾人日夕所忻翘，胫走翼飞，当可预卜。

索序于予，予困于辑务，久久未应。然我友之命不可方也，遂草一短言以塞责。

郑逸梅序于《金钢钻》报编辑室

第一回

晓风残月沧海送孤帆
铁板铜琶小园识俊士

鱼肚色的天空，一点一点的晨星渐渐淡了它的影子，但是一钩残月却依旧娇慵地滞留在云中，黯然呈离别之色。

在那吴淞的海滨，有一男一女并肩着走将过来。男的穿着一身西装，淡灰色的薄呢帽，低覆在额上。手里拿的一根白银包头的司的克，不住地在他手指上前后旋转。女的穿着一件淡绿绸的衬绒旗袍，颈里围着白色绣花丝巾，云发烫得鬈曲地飘拂在两边，面貌都生得甚是俊美。在这晓风扑面的时候，向前边紧紧走着，叽咯叽咯的革履声，踏破了海滨岑寂的空气。滚滚的巨浪拍向海岸，似奏着雄武之曲，欢迎他们二人前来。二人一边走，一边说，绕了一个弯，将近炮台地方了，男的从腰袋里摸出一只金表看了看，说道：

“已是六点钟了，我们不要来得迟慢，君武已经动身去了。”

女的摇首道：

“凡哥，他绝不会的，一定要等我们握手送别后才行呢!”

二人又走了数十步，女的把纤手向前边一指道：

"那边不是泊着小船吗？也许君武已在船中了。"

男的点点头，嘴里说道：

"我们快走，一二三四！"

二人顿时跑步起来。将近泊船所在，早见船头上立着一个伟硕的少年，把手巾尽向这边高扬。二人也掏出手帕来，迎着晓风展开。不多时，二人已走到船旁，那少年也一跃上岸。男的向少年说道：

"君武，我们来得迟了，不要耽误你的行程。"

君武哈哈笑道：

"难得二位起了一个清早，特地到此送我，我真是感谢得很。古诗说得好，桃花潭水深千尺，不及汪伦送我情。你们待我这样恳挚，这海里的茫茫大水，也不及你们二位感情之厚，我真是感谢得很。我这个人性情直率，说走就走，所以今天破晓动身，其实何必起这样的早？一般要回乡的，倒是有累你们二位了。昨天在大西洋菜馆叨领你们的盛宴，今天又蒙送行，使我何以报答？"

女的也接口说道：

"密司脱魏，彼此何必客气？我们欢喜是这样的，并且你此番回乡是抱着极热烈的情，也是很难得的。可惜我们不能跟随你同去喝一杯喜酒，所以到此送行，表示我们的歉忱。"

男的又道：

"我虽预贺你新婚燕尔，然希望你不要乐不思蜀，更望你偕同嫂夫人一同来沪，使我能够一识嫂夫人的容颜。"

君武答道：

"当然我必要挈伊同来沪滨一游，见见你们二位的丰采。不过我这个快来的新夫人是个乡间女子，对于社会上的交际缺少经验，将来你们不要见笑才好。”

男的道：

“君武，你现在已要袒护你的新夫人了，乡村的女子自有她的天然美，比较城市里一班专慕虚荣的摩登小姐好得多。君武，你将来自会知道。”

君武目视着女的，微微笑道：

“不见得吧，这也未可一概而论。我是个穷光蛋，只好如此，不过在此国难临头之际，匈奴未灭，何以家为？我此番回去结婚，也是多此一举，惭愧之至！”

男的又道：

“这事是要看各人的环境，你的亲事是早定下的，理该早日同圆好梦，而况伯母春秋已高，亟愿早慰桑榆暮景，你的婚姻是很合理化的。只要你不要沉溺在温柔乡中，受了爱情的洗礼，做妆台下的奴隶，忘却了炮台上的责任便好。君武，我和你是无言不谈的老友，所以不揣冒昧向你说这些话。”

君武听了他的说话，面貌立刻变得沉着而庄严，向他一鞠躬说道：

“金玉良言，敢不拜嘉？我既身为军人，自当杀敌致果，执干戈以卫社稷，宁为沙场鬼，不做亡国奴。将来倘然倭奴要来侵犯这个炮台时，我一定不肯饶他，一雪不抵抗之奇耻大辱。”

女的见君武说这些话时血脉都贲张了，便道：

“密司脱魏，你这话说得好不爽快，真是爱国男儿，钦佩得很！”

君武勉强笑了一笑，回首见一轮红日已浴海而出，照得豆沙色的海面生出波光来，东面的天空里云霞斑斓，很是好看，便道：

“我要告辞了，不过一月光景我就要回来的，到时再谋聚首。今天很感谢你们的送行，将来再答盛意吧！”

二人也道：

“愿君一路顺风，伉俪多福。”

此时，君武已返身下船，舟子遂解缆开船，渐渐离了海岸。君武把素巾临风招展，二人也把手帕不住地挥动，瞧那船掉转方向，挂起一张大帆来，风势甚大，吹着那张帆船，便如箭一般地向前驶去。

二人立在海岸边，见那浩渺大海中别无船舶，只有这一道孤帆势如奔马，渐渐地驶出吴淞口去。金黄色的阳光映在帆上，大有画意。隔了一歇，那船便成了一点黑影了，海波轰豗不停，和附近学校里的晨钟声相应和。女的对男的说道：

“凡哥，我瞧君武虽是军人，却一些没有时下那些粗暴恶劣的习气，本来光明磊落的军人是应该如此的。他往常和我们谈话，常对于外侮的急迫，不胜愤恨，誓欲一洒热血，以卫疆土，将来也许他有报国的机会。因为倭奴野心勃勃，既蹂躏我东省，思欲据为已有，而对于淞沪一片土，未尝不思觊觎呢？他们尤深恨我们的抵制仇货，这是他们致命的伤，也是我们最能努力的事业。虽然尚有许多奸商私进日货，贪利忘义，然而他们已受了极大的影响，说不定要有事于东南，好遂他们遏止我人民排日热的心思呢！这吴淞炮台是很重的一重门户，一旦用武，日军必要争夺这个要隘，须视我们的能守不能守。君武前天告诉我们说，炮台上已换了十几尊新式的大炮，自从九一八以后，他们司令官也很加紧防备了。”

男的道：

“君武虽不过一个中尉之职，他对于军事上很有经验，有事时他绝能奋力杀敌。可惜……”

说到这里，顿了一顿，忽见口外驶来一只庞大的军舰，烟囱里的黑烟一缕缕地袅荡到天空，冲着怒浪，很快地急进。桅上有一面红色圆形的太阳旗，这正是日本的军舰了，舰首架着数尊巨炮，耀武扬威地在炮台前面驶过。舰上立着几个日兵，手里握着望远镜，正在窥视炮台的形势。二人看了，心中顿然起了一种极大的感触，男的便对女的说道：

“英妹，帝国主义的侵略势力日益膨胀了，我国人却如燕巢危幕，鱼游沸鼎，仍是懵然不觉。然而人家剑及履及，狰狞的面目、残酷的手段，已不可掩饰地施展出来了。我们虽欲苟延残喘而不可得，还不起来和恶魔奋斗、强敌周旋，恐怕亡国灭种之祸不旋踵而至呢！”

说罢，长叹了一声。女的接着说道：

“不错，我国藩篱尽撤，国防不固，受着不平等条约的束缚，不能摆脱，以求自强。帝国主义者也唯恐我们自强起来，所以利用我们的军阀，阻碍我们的统一，好遂他们宰割土地攘夺权利的私欲。此次东省之变，事非偶然，这是东邻侵吞我国第一步的计划。可恨我们的执政者和军事长官，高唱着不抵抗的高调，既不能消患于未形，又不能御侮于已然，一步步地往后退让，痴心妄想地求国联来代我解决这重要的事情，好似乡妇老妪向木偶乞灵，这是何等可怜？但是，东三省的人民水深火热，他们所受的痛苦不知何日能够解除了。况且倭寇的野心还不止于此，他们的军舰深入堂奥，在我们的江海要港内河里横冲直撞地来来去去，随时随地他们可以乘隙而动，发生出不祥的祸端来。他们挟持着坚甲利器，大有‘以此制敌，何敌不摧，以此图功，何功不克’之势。听说他们的海军因为陆军已立得功劳，而海军无所建树，所以很想得个机会，逞快于一时呢！上海是全国通商的要埠，而且是政府财源之所资，握全国经济的命脉，说不定他们还要来骚乱一下呢！”

男的愤愤然道：

“夸父逐日，精卫填海，我们民心不死，何能坐视人为刀砧，我为鱼肉，俯首受人家的宰割？我们都要决心自救，一致起来抵抗才好。男儿昂藏七尺躯，总要干些事业，否则虚此一生了。”

说罢，双手紧握着拳头，望着海水，口里发出恨恨之声。女的将衣襟一整，说道：

“君武已行，我们回去吧！今天上午我还要到会里去演说。”

于是两人旋转身躯，向海岸西边走来。这时，正在三秋，田野间秋色扑人眉宇，又在清晨，令人神清气爽，二人转了一个方向，向阡陌上走去。男的又把表一看道：

“时光很早，不过七点多钟，我们在此散步半小时，然后再到镇上去吃一些点心，徐徐回去也不嫌迟。”

女的点点头，表示赞成，二人遂走向绿树丛中。忽见前面一道小溪之东，有一个小小园林，蛎墙一带，上覆着青翠的绿萝，还嵌着一朵朵胭脂色的小花，好似美人披垂云发簪花做晚妆，清幽得很。墙内露出些树枝如罗汉松来，不知是谁家小筑。同时有一种清冷之声从里面传送出来。二人驻足一听，乃是琵琶的声音琤瑽，音调弹得十分铿锵，真是火凤倾杯、冰蚕捍铁，断非凡手所能奏。二人对于音乐一道，都有夙嗜，倾听良久，不觉神往。

等到一曲已终，余韵兀自缭绕于耳，二人遂沿着墙边走去。女的说道：

“不图此间竟有雅人奏乐，令人兴高山流水之思。”

男的微笑道：

“此吾道中人也！”

走了十多步路，见左侧有一个园门，上面白石上镌着两个紫色的字，乃是“静园”，旁边挂着一块小小木牌，上面写着两行黑字道：“游客入内，禁折花木。”男的便道：

“原来是个开放的私家花园，我们何不入内一游？”

于是二人一先一后地走入园中。鸟语花香，十分幽静，一个人影都不见，真是名副其实。二人走过一条朱栏小桥，前面花木丛深，有几座亭榭，忽然那琵琶声音又响起来了。二人被乐声所吸引，不知不觉地向前边曲折走去，绕过一道回廊，声音越发响而近，才见东面有一个小轩，琵琶声便从轩中传出。二人走到相近，琵琶声忽又中止，只听有人在那里把什么东西敲着茶杯唱道：

河山破碎兮寇焰猖，覆巢之下兮实堪伤。

与日偕亡兮誓自强，挥我横磨剑兮吐光芒。

操后羿之矢兮射彼扶桑，杀敌致果兮愿为国殇。

歌声慷慨激昂，渊渊如鸣金石。二人听了，心中大为感动，男的不由引吭续歌道：

壮志酬兮威名扬，巩固金瓯兮民族之光。

歌声方毕，听得脚步声，早有一个很魁梧的少年，戴着罗克眼镜，穿着一件淡灰色绉纱的衬绒袍子，从轩里走将出来。一见二人，便道：

“好个民族之光！二位从哪里来？”

男的忙立定答道：

“妄赓歌词，幸恕冒昧，我们闲步至此，先闻琵琶之声，后即入园瞻光，及闻歌声雄壮，心为之喜，也胡乱唱了两句，惭愧得很！请问足下可是此地园主吗？”

少年带着微笑答道：

“不敢当。二位难得到此，可否到小轩中一坐？”

二人点头应允，遂跟着那少年踏进轩中，见窗明几净，图书满架，十分精致。榻旁横卧着一支金缕红纹的琵琶，和一本乐谱。少年即请二人宽坐，又揿着电铃，吩咐下人献上两盏香茗，然后再向二人询问姓氏。男的很直爽地回答道：

“不才姓陈，草字启凡，世居江湾，曾在建国大学毕业，方在东亚公司机器部任事。庸庸碌碌，毫无建立。”

说到这里，又指着女的说道：

“这是舍妹启英，以前在南京爱国女子大学里毕业，现在沪埠英英女子中学服务，兼任妇女救国会的会长。今天因到这里送一个朋友回乡，所以散步来此，无意中得识荆州，愿闻雅篆。”

少年忙答道：

“原来二位都是当世俊彦，密司脱陈的芳名誉满申江，一向钦慕得很。鄙人朱姓，单名一个彦字，以前曾在上海某大学读过两年书，后来又至黄埔军官学校肄习一年，不幸被病魔缠绕，遂回到这里静养了一年。如今病已痊愈，只是国难临头，令人抑郁寡欢，念丈夫志在四方，男儿心怀报国，一时怅触，因此放胆狂歌。想不到二位到此，真是何缘邂逅，愿结苔岑。”

启凡笑道：

“得识俊士，固所愿也。”

三人遂坐着谈论国事，朱彦对于东三省的沦陷，不胜悲愤，尤其痛恨不抵抗的失策。他说：

“以前宋太祖有言，卧榻之侧非他人酣睡地。想不到现在坐拥干城之寄的大吏，竟对于外侮懦弱得如此模样，以后不要被外人越发轻视吗？在国势日蹙、风云日亟，一念及国家兴亡匹夫有责，恨不得自己立时投军去……”

朱彦话没有讲完，启凡忙抢着说道：

“密司脱朱，你想投军去，固然我的愿望也是如此，男儿当效班超、傅介子投军从戎，不斩楼兰誓不还，为国家争荣。但可惜现在这些统兵者，坐糜廪粟，徒绾虎符，平日只知道被帝国主义者利用，争地以战，杀人盈野，争城以战，杀人盈城，造成走马灯式的内乱，为他私人争地盘罢了。一旦边疆有事，他们只是按兵不动，保全自己实力，你即使投到那里，又有何用？”

朱彦忙把头摇摇道：

“不，不！我说的投军乃投义勇军。”

启凡道：

“呀！投义勇军吗？”

朱彦道：

“是的，政府把土地人民委弃于虎狼之口，只是不管，人民也只好自己起来抵抗了。所以东三省的义勇军风起云涌，一处处和日军奋斗，这真是值得钦敬的。白山黑水间我却认识一个义勇军的首领，很想去投奔他。”

启凡和启英听了，一齐很高兴地问道：

“此人是谁?”

朱彦不慌不忙，说出这人的姓名来。欲知后事如何，请俟下回再写。

评：

凡作小说，开端最难，必须有笼罩全局之势为上乘。此回写海滨送别，似乎是平常之事，而在海边谈话，以及敌舰进口，无非为一·二八役隐隐埋下伏线。写海景亦佳，晓风残月，沧海孤帆，如见之矣！

启凡兄妹送君武还乡，慷慨激烈，令人精神舍奋，而轻轻一转，又写到乡村风景，小园铜琵之声，令人眼光为之一变。

琵琶声止，歌声继起，不独歌词激昂，亦为引起作歌之人耳！

小园遨游，初以为闲笔，谁知借此出一俊士，为后文出关从军伏线。故此回虽不过四五千言，而处处用大力以笼罩之，遂无懈可击也。

第二回

起义军挥戈抗暴日
飞钿毂醉酒度良宵

朱彦便对陈氏兄妹说道：

“此人是先父的老友，姓钟名克毅，浙江海盐人，少怀大志，热心革命。以前辛亥之役，曾在湖北黄鹤楼头和众先烈共揭义旗，光复汉族，但是卒被有力者所排挤，未能达到他的希望。后来，袁项城执政，把民党杀害，剪除异己，包藏祸心，他常恨恨地向人说道：‘不彻底地革命，于人民无益，前途荆棘正多，吾辈一息尚存，此志不懈。虽然一再流血，亦不敢辞。’所以，第二次革命时，他在上海助着陈英士等攻打制造局，不料又遭失败，他遂跑到德国去入陆军大学肄业，冀得军事上的新学识。适逢欧战开始，他自愿投入德国陆军中，到后方服务，一年后方才还国，因此又得了不少军事上的经验，以后，他一直在东省军界服务。因为他不肯参加内战，所以不能得当局的青睐，厕于显要之列，坐视一班后生小子跋扈飞扬，能无感叹吗？前三年，他回到南边来休假半年，曾和我觌面数次。他缕述东三省的情形，以为强邻压境，他日必有争端，我国若不急起自救，不亡于甲，即灭于乙，可惜这个数百万里幅员的大好土地，无日不在危险之中。尤其是东方木屐，数十年来处心积虑，着着进行，不远余力，要实行吞并满家的计划，这是很可虑的。年来东省对于建设上稍加努力，如建筑铁路、开辟葫芦岛等，尤遭日人的嫉妒，日人野心勃勃，恐怕迫不及待，大有一触即发之势呢！现在果然有九一八的祸变，全国震惊，其实厝火积薪，祸种早已种下多时了。”

启凡听着朱彦说到这里，跌足太息，说道：

“现在那姓钟的又在何处呢？”

朱彦答道：

“日军攻下辽沈以后，一面派兵西进，一面兼并吉、黑，吉林方面的军队有些都甘心从逆，投降之日军，拥戴伪国，伈伈伣伣，苟活在帝国主义势力之下了。我以前听得有人从吉林逃避来沪的说，钟克毅本为某军团长，当日军侵吉时，钟克毅向上峰请缨，自愿率领部下杀敌，为国牺牲，但是他的上峰某旅长利欲熏心，愿做卖国奴，竟投顺伪国，为日军的走狗，杀戮自己的老百姓。钟克毅目睹情形，不胜悲愤，宁做断头将军，不做降将军，所以率他部下一团之众，仓促出奔，退至绥芬附近山中，揭起青天白日旗，坚壁自守，为民族争生存，四乡民团闻风归附。日军曾遣伪国的军队前往进剿，都被他击败，且有两营乘机反正，所以声势很盛。日军因为那边山岭险峻，不敢进剿，他就在那边部署一切，预备反攻，挥戈抗日，愿为国殇。我听得这个消息后，很觉得爽快。上星期他忽然遣一个亲信之人到上海，来向各界有所接洽，顺便写给我一封信，把他聚集义军与日作战的经过大略告知我，陡地鼓起了我的雄心。我想，日军在很短的时期内，几乎把我土地广大的东三省完全占领了去，这样看来，谁说中国不会亡呢？政府始终不敢抵抗，平日勇于内战的总司令和军长们也没有决心与日军拼上一下。全国民气虽然激昂，可是只有空言而不能实行，这样迁延下去，东三省非我所有了。我辈在此乱世，自感怅触，倘然庸庸碌碌，老死牖下，一无建树，必然辜负了七尺之躯。不但如此，恐怕国家将亡，大家要做亡国奴，受人家的奴役，不容你老死牖下呢！为今之计，我辈苟有爱国心的，只有挺身而起，和恶魔奋斗，杀开一条血路来。所谓坐而待亡，不如赶快自救。所以，我很想到东北去跑一趟，不入虎穴，焉得虎子？情愿追随钟克毅麾下，和那倭奴抵抗。齐田横有士五百，鲁仲连义不帝秦，区区之志，窃慕于此。”

朱彦说至此，双目睁圆了，额上有些微汗，义形于色，声浪渐闳，一句句打入启凡的心头，不觉叫好道：

“密司脱朱，我很佩服你有这样壮志和勇气，倘然你要到东北去，不才愿跟你走一遭，我的血也几乎沸了。与子同仇，歼彼暴日，醉卧沙场，我之愿也！”

朱彦闻言，不由跳起来道：

“陈君，你这话是真的吗？”

启凡正色答道：

“当然真的。”

朱彦连忙走过来，和他一握手说道：

“同志，你是我难得的好伙计，有陈君同行，更不愁寂寞了。”

启英也立起身来，一手抚着伊颈边垂下的白丝巾，面上露出惊奇的神色，向启凡问道：

"凡哥，你果真要和这位朱君同往东北吗?"

启凡点点头道：

"真的，英妹你也赞成我去吗?"

启英道：

"国家兴亡，匹夫有责。凡哥既有志前往，我也并无不赞成之理，只是我要问你是不是出于一时的热心，与其将来……"

启英的话还没有说完，启凡把手摇摇道：

"我绝不是一时的热心，将来也不会后悔，你千万放心。我的志向是早已决定在沈阳陷落后的那一天了，不过没有机会。现在难得朱君有志要去，我怎得不人追骥尾呢?"

启英听了，也不再说什么。朱彦又道：

"钟克毅遣来的人，姓谈名虎，是他手下的少校参谋，此人在沪逗留，还有十天光景，我们尽可从容整顿行囊，约定了他，跟他一起走。听说要绕道热河，秘密前往呢!"

启凡道：

"好！我准三天之后再到尊处来接洽，届时仰仗绍介。"

朱彦道：

"那么我约他第三天上午到静园来用午膳，陈君也不用客气，准于那天惠临，我们再定行程。"

启凡道：

"就是这样办，我不会客气的。"

当时三个人谈谈说说，约有一点多钟，陈家兄妹方才和朱彦告别而回。他们走出了静园，赶到火车站，坐了火车，回到他们的老家江湾地方去。启英坐在车上，对启凡带笑说道：

"不料我们此番送走了一个朋友，又认识了一个朋友，我真佩服你们有这种勇气。现在春申江上，吴王台畔，西子湖边，许多青年都麻醉在声色之中，如处堂燕雀般偷安度日，置国事于不闻不问；也有许多喜欢出风头的，著两篇文章、喊几声口号，已谓尽爱国之能事；也有许多奸猾之辈，假借着爱国名义，去图他们的功名、遂他们的阴谋。有心人看了，愤懑欲死，难得你们竟有这种勇气，连我也觉得兴起神往了！”

启凡长长地叹了一口气，又道：

“你在祖母面前千万不要声张，累伊老人家要代我提心吊胆，必要阻止我行的。”

启英点点头。不多时，火车已到江湾，二人下车回到家中，吃了一些干点心和牛乳，其时他们的年逾七旬的老祖母方才起身呢。启凡还有一个幼弟，名唤启民，在本镇一个小学校里读书，他们的父母已于前年相继病故，留得一些田地，都在江湾。他们住的房屋也是遗产，十分宽大，用着一个男仆和两个女佣。老祖母性情慈祥，对他们非常钟爱，本来早要代启凡授室，以慰暮景，无如启凡性情坚强，一定不欲早婚，因此家中清静得很。他们兄妹俩早出晚归，习以为常的，不过启英有时逢着事多，路远不便折回，遂住在妇女救国会里了。那时二人因为要紧干事，于是坐着公共汽车而去，便在那天下午，将近五点钟的时候，启英坐在妇女救国会的办事室里。因为不久便要聚集大会，所以要发出许多请柬，伊坐着看伊的书记书写一个个的信封，自己心里盘算在那天的开会秩序，以及如何筹备欢迎新旧会员的事。脑海中盘旋了良久，主意已定，觉得心头轻松，同时见书记已将信封写好，揿着叫人铃，吩咐下人将信前去付邮。书记见没有事做，办公时候已过，便向伊道了晚安而去。

启英见室中无人，也就想起身回家。忽然写字台上的电话丁零零地响起来，伊伸手接到耳畔一听，乃是一个男子的声音，急匆匆地问道：

“这里可是妇女救国会吗？”

伊听了声音，便知道这个人了，遂答道：

“正是，你是晏子佳先生吗？可有什么事情？”

那人道：

“巧极巧极，原来密司脱陈还在会中呢！密司陈，前天我不是约你今天在霞飞路广寒宫吃夜饭吗？我已在这里第十八号室里了，恐怕你事多要忘记，已吩咐我的汽车夫开车子到你那里来了，请你千万别推辞，我还有事情奉托呢！”

启英双眉微皱，面上露出勉强之色，顿了一顿，然后说道：

“我倒忘记了，既蒙你放车子来接，我准就到。”

说罢，即将电话挂断，嘴里叽咕着说道：

“很讨人厌的，我懊悔没有早走一时，现在只得前去了。”

说罢，便将写字台的抽屉锁好，立起身来，走到着衣镜前，照了一照自己的倩影，取过一个象牙梳，在伊头上略梳几下。只听门外呜呜的汽车喇叭声响，接着扶梯响，便见侍者跑上楼来，载过一张名片，说道：

“陈小姐，外边有汽车来迎接，去不去？”

启英道：

“去的。”

遂吩咐下人将室门锁上，走下楼，到得门前，见一辆簇新的轿车停在那里等候。汽车夫认识启英的，便喊声陈小姐，启英点点头，汽车夫开了车门，启英踏上去坐下，汽车夫立即关好车门把车子开动，打了一个转身，向霞飞路驶去。

妇女救国会会所在昆山花园路，到霞飞路也有一大段路，但是汽车行驶极快，不消片刻，钿毂飞驰，已到了霞飞路上。电灯璀璨，身入五都之市，两边商店装着各种奇巧而鲜明的电灯广告，着地的大玻璃窗内，陈列着各种五颜六色的东西，真是光怪陆离，鱼龙曼衍。光滑的水门汀人行道上，一对对摩登男女，踏着很和谐的革履声，手携手地做出亲昵状态，耳鬓厮磨，喁喁细语，昔时在深闺内的儿女姿态，现在却公然在大道上显露在人们的眼光里，似乎很傲慢地表示着他们爱情的浓厚，已到某种程度了。汽车和机器脚踏车穿梭般来往，真是好一个麻醉人的霞飞路的黄昏啊！一座五层洋楼的大厦，巍然矗立在左边，电灯点着数千百盏，俨如白昼。门前停着十几辆汽车，这就是广寒宫了。广寒宫乃是在霞飞路新开的第一家饭店，其中包含着酒家、咖啡店、跳舞场，一切都是富丽堂堂，隽雅精美，是贵族式的娱乐之地，也是个纸醉金迷的销魂迷宫。

启英坐的汽车喇叭一响，徐徐停歇在广寒宫门前。汽车夫开了车门，启英走下来，一步步踏上晶莹的白石阶沿。进得门去，早有一个衣服洁净的侍者，含笑上前招待。启英一问，方知十八号是在花园里面，遂曲曲折折地走进去，寻到那所在，又有一个侍者代伊开门，招接进去。只见一个西装少年，面上敷着微微的白粉，头发梳得朝后光光的，戴上一副无边夹鼻的眼镜，正坐在沙发上看一张小报。一闻背后足声，回过头来一看，见是启英，连忙丢下报纸，立起身来，含笑说道：

“密司陈，我已在此等候多时了。”

启英也道：

“晏先生，对不起，我已忘怀，亏得你打电话前来知照。”

晏子佳道：

“我知道你也许不在心上的，所以特地开汽车来恭迎。”

启英微笑道：

“多谢美意。”

晏子佳便让启英对面沙发里坐下，十分恭顺地和伊谈话。启英道：

“方才电话里你说有事情要委托我，不知是什么事？”

晏子佳燃着一支雪茄，衔在口中，烟气缕缕地氤氲绕颊，点着头说道：

“拜托你的事情多了！”

启英不由一怔，把一块红花的小丝巾在伊手背上绕了一过，说道：

“晏先生，你说吧！”

晏子佳道：

“第一件事要拜托你的，我的最小的妹妹稚佳，现在要想请一位女教员，每日下午四五时左右，教伊一个钟头的英文，薪水不惜出重价，要请密司陈介绍。倘然密司陈自己有工夫肯屈驾俯就的，这是最好了。”

说毕，仰着头静候伊的回答。启英摇摇头道：

“我是一则才学不佳，二则缺少工夫，不如待我介绍另一位吧！”

晏子佳道：

“你不要客气，请你不动罢了。第二件事，要拜托你代请贵会中的甘女士，为我绘一便面，因为甘女士夙精绘事，芳名久著，我很想得伊的墨宝。”

启英点点头道：

“事也可以办到的，只是日期不能限定便了。还有什么事？”

晏子佳想了一想，说道：

“没有了，多了你不要怕麻烦吗？”

启英一想，原来是这样两件大事，却这样郑重其事地约我到此，不由忍不住扑哧一笑。晏子佳本来醉翁之意不在酒，被伊这一笑，倒觉得有些不好意思，搭讪着讲别的话。隔了一歇，晏子佳说道：

“密司陈大概肚皮饿了，我们便在此用晚餐吧！”

便一按电铃，侍者跟着走进。晏子佳又对启英说道：

“我们用西菜可好？”

启英点头道：

“也好。”

于是晏子佳先请伊点菜，启英也不客气，随意点了几样，晏子佳也写上几样，侍者接过菜单出去。不多时，一样一样地奉上来，二人坐在圆桌旁，说说笑笑地用过晚餐，漱过口，洗过脸，大家坐在沙发里休憩一会儿。晏子佳带笑向启英问道：

“今晚密司陈可否一同去观电影？南京大戏院的《刻骨相思》是新到的有声影片，闻说内容甚佳，大可一观。”

启英道：

“多谢你，近日我多用目力，电影不看。”

晏子佳搔搔头，又道：

“那么到大舞台去看戏好吗？”

启英道：

"谢谢你，京戏我怕它喧嚣，且不惯久坐，素来不看的。"

晏子佳说了两处，却不能得启英的同意，踌躇了一歇，然后说道：

"这里广寒宫的广寒舞场，新来几个有名的舞星，很是出色，现在时候还早，密司陈既是这儿不去，那儿不去，何不一同到舞场中去小坐片刻?"

启英已回绝了两处，不好意思再行回却，螓首略点，报了一个"可"字。晏子佳好似接到九天纶音，连忙笑嘻嘻地立起来，偕同启英走到舞场里去。其时跳舞时间正在开始，二人入内拣一精雅座位坐下，只见场内五光十色，布置华丽，许多舞女粉白黛绿，飘轻裙，披云发，袒酥胸，露玉臂，争妍斗媚，浅笑轻颦，一个个坐在那里。晏子佳指着内中一个长身纤腰的说道：

"这是朱紫英，大名鼎鼎的舞星，无人不欲一亲香泽的。"

启英微笑不言，侍者早送上两杯咖啡来，又问晏子佳可要喝酒。晏子佳道：

"停会儿再说。"

不多时，乐声慢慢地奏起，有几个舞女起身跳舞，也有几个男子过去邀了舞女，捉对儿同舞。舞衫翩翩，鼓乐靡靡，晏子佳出神地注视那些舞女的腿。启英却想起"商女不知亡国恨，隔江犹唱后庭花"和"壮士阵前半死生，美人帐下犹歌舞"的数句诗来，心中不知是悲是痛，觉得坐在那里，芒刺在背，心里大大不安。然而瞧着晏子佳却一些不觉呢！一会儿，乐声停止，舞亦告歇，众舞女眉语目笑，十分逗人。第二次乐声又作，晏子佳忽对启英说道：

"密司陈，我听得你也善跳舞，我不揣冒昧，愿偕密司一舞，不知密司能不能允许我的请求？”

启英听了，面色顿时变得严肃，冷冷地答道：

“承你宠邀，一则我不会，二则在此国难期间，何心行乐？唉！世人苟非陈叔宝，国家将亡，岂无心肝？只得有负晏先生的雅意了。”

晏子佳面皮虽老，听了这几句说话义正词严，突如渔阳三挝，面上涨得通红，局促无地。正在这个时候，启英倏地立起身来，看了一看手腕上的白金手表，对晏子佳说道：

“今晚我还要回家，时候不早，再会吧！所委的事缓日报命。”

晏子佳连忙立起道：

“密司陈便要归去吗？我也不敢强留，那么我唤我的汽车送你回去。”

启英道：

“多谢，这倒不必了。”

晏子佳遂一路送伊出去，走出广寒宫。晏子佳喊过汽车夫，一定要送启英，启英不再坚辞，遂和晏子佳说了一声“愿君晚安”，坐上汽车，吩咐汽车夫即回妇女救国会去。汽车开动，如风驰电掣般载着倩影而逝。晏子佳目送飙轮去远，叹了一口气，回进舞场，很觉沉闷无聊，恰巧舞场的经理夏雨走过来和他招呼，认识他是富家子弟，自然极意奉承，指着朱紫英问他可要同伊跳舞，愿为曹邱。晏子佳笑了一笑，舞兴已动，遂过去握了朱紫英的手，一同曼舞。朱紫英知道他是王孙公子一流人物，自然也曲意承欢，放出伊的狐媚手段来，这一下子竟把晏子佳跳得大乐而特乐，胡帝胡天，忘其所以。及至舞后，朱紫英伴着晏子佳同坐，和他喁喁谈话，表示十分亲密的样子。晏子佳遂开了两瓶香槟酒，与伊同饮，灯红酒绿，秀色可餐，他的一颗心竟迷迷糊糊地被人家的色香吸引了去。喝得有六七分醉意，朱紫英又如小鸟投怀一般，令人可爱，所以他竟如蝴蝶迷入花丛，情不自禁，愿为情死，再不顾虑到什么，也不想到在他现在的环境之外是何世界。这样，他便和朱紫英手挽手地出了舞场，同至楼上，辟一密室，做那鸳鸯同梦，度此良宵了。欲知后事如何，请俟下回再写。

评：

东省有许多大军，一夕而失沈阳，皆误于“不抵抗”三字，然为上者虽苟安旦夕，弃土不顾，向国民既痛国难，复恨家仇，热血垒复，有不得不起而抗之者，此义勇军之所以奋威于一时也。

此回写钟克毅，完全从朱彦口中叙出，省却不少笔墨，而借此牵出一谈虎来，做出关之导线。

写晏子佳活现出一个纨绔少年，此作者用以做反面之映照也。广寒宫中小宴，晏子佳竟与启英同座，更增舞场观舞一段，舞衫翩翩，鼓乐靡靡，此读者故作疑阵。闻该赏音，听启英之言，便知二人终如枘凿之格不相入矣！

启英去而易一紫英，销视广寒宫里，虽写晏子佳，而已骂尽一班唯知娱乐不急国难之少年。

第三回

输财助边援黑马
断指贻友恋红羊

晏子佳懒洋洋地走出广寒宫，一看门前大自鸣钟上长针已指着十一点二十九分，他的汽车夫已把汽车停在门前伺候。晏子佳坐上汽车，一摆手道：

“回家去。”

汽车夫答应一声，便将汽车驶向静安寺路。晏子佳靠在车上，默想昨宵云雨荒唐，其乐无限，那个舞女朱紫英果然十分妖冶，够人销魂，此中况味，又觉得比较小花园的媚红老七远胜多多了。我虽花去一些阿堵物，也是值得，想不到陈启英诱惑不到手，却和朱紫英乐上一宵，我却被一个舞女诱惑了去，天下事真未可知。但是，倜傥可喜的陈启英，伊和我总是不即不离，若有情，若无情，这种处女的心，使人家忖度不到，难道伊始终保持着女儿家高傲矜重的态度吗？若要功夫深，铁杵磨成针，恐怕还是我的功夫不到家吧！他正在胡思乱想，忽然汽车在马路中间停住了，他正要询问究竟，只见汽车前面立着五六个女学生，有的手中高持着小小白旗，有的手中拿着一叠的传单，有的抱着竹筒，原来是一队募捐的女学生。汽车夫已回头向晏子佳说道：

“少爷，她们拦住去路，要向少爷募捐，车子不能开过去。”

晏子佳细瞧那些女学生，有几个面貌生得不错，遂说道：

“叫她们自己来。”

早有一个长身玉立的学生，丰韵秀美，姗姗地走到车旁。汽车夫把车门开了，女学生便带笑对晏子佳说道：

“对不起，请先生慷慨捐助，我们都为马占山将军在黑龙江孤军抗日，无饷无械，十分困难。而我们同是国民，国家兴亡，都有责任，虽不能去荷戈杀敌，却可以尽力捐输军饷，汇到东北去，帮助他们杀贼，稍尽绵薄。想先生爱国热心，不在人后，一定能够多捐一些的吧！”

那女学生且笑且说，美丽而富有吸引力的目光直射到晏子佳脸上，似乎对他说，你坐了汽车，总是有钱的人，断不能一毛不拔，为富不仁，甘心做亡国奴的。所以，晏子佳也就做出很慷慨的样子，对女学生点点头道：

“好！你们如此热心，可敬可敬！”

即从身边取出皮夹，拣了一张五元的交通银行纸币授予伊道：

“我就捐一些吧！”

女学生接过纸币，便把一张红色的捐证递给晏子佳。晏子佳伸手去接时，手指触在伊软绵绵的手背上，顺势摸了一摸，对伊微微一笑，露出轻薄神情。那女学生脸飞红霞，立刻回身走去。

汽车仍向前开了。晏子佳自言自语道：“出了五块钱的代价，一握柔荑，究竟值得不值得呢？那个女学生妩媚可爱，倒和陈启英仿佛了。”他正在思想，汽车又停了。前面又有一队男学生，揭着江南大学的旗帜，拦住汽车要募捐。晏子佳把脚一蹬道：

“这真讨厌了，这些小强盗多得很，想不到今天要出买路钱。”

便对汽车夫大声说道：

“你对他们说，少爷已经捐过了，休得缠绕不清。我又不曾少欠他们的债！”

谁知那些学生一定不肯放过，说道：

“即使捐过，再捐些也好的，愈多愈妙。这是关于国家大事，有良心的人总要努力援助。”

晏子佳便从车窗内丢出一个双毫银角，说道：

“算了吧！”

一个学生对他白瞪了一眼，俯身拾起，口里恨恨地说道：

“这些人真是可杀，要他们的钱，如同要他们的命一样。等到国破家亡，他们做了亡国奴，才要后悔无及了。”

晏子佳不顾他说话，喝令汽车夫快开，喇叭一声，汽车向前疾驶而去。又吩咐汽车夫道：

“以后有人拦路，你休要让他们走近，可开快车。”

汽车夫道：

“那些学生们不怕死的，拦在当路，若开快车，撞死了人，便要吃官司了。”

晏子佳道：

“至多罚去数十两银子罢了，谁叫他们走上前来送死呢？马路中间开行快车，也不违背巡捕房的章程。你尽管开快，撞死了人有我担当。”

汽车夫点点头，即把汽车速度加快。前面又有一队女学生迎上前来，将旗子举起，当作指挥棒似的，娇喝一声“停”字，哪知这旗究竟没有印度阿三手里的警棍有效力，汽车依旧向前直冲，恰巧在一个女学生身边擦过，那女学生吓得倒躲倒躲，玉容失色，喊声啊哟，险些一条性命送在车轮之下。回转身去，向坐在人力车上的人募捐了。

一会儿，汽车已到得一座洋房之前，从铁门内驶进去，停在草地边。晏子佳伸了一个懒腰，走下汽车，到得宅里。他的母亲晏太太见了他便问道：

“佳儿，你昨夜住在哪里的？怎么没有回转？”

晏子佳答道：

“有几个朋友拖住我打牌，所以不能回家了。父亲何在？”

晏太太道：

“你的爹爹在上午到三井洋行里去看他的老友寿田了，听说有一大批日货今天要成交的呢！不过现在外面大家正在抵制仇货，本埠也有一个反日会，检查仇货，甚是严厉。我代你爹爹很是担心，别要被人家发觉了，货物充公还不算，反落上一个卖国奴的臭名声呢！”

晏子佳笑了一声道：

“爱国卖国，有什么道理？真正爱国的能有几人？窃钩者诛，窃国者侯。现在大家说政府卖国，究竟政府卖国不卖国，谁也不能断定。其实横了良心，想发财，非卖国不可，管他卖国也罢，爱国也罢，我们只要享福过日子，国家大事我们也管不到许多。大厦将倾，一木难支，我这根木头落得躲懒了，我不卖国，人将卖国，与其他人卖国，不如自己卖国，还可发一番财呢！像今天马路上出来奔走募捐的学生们，都是戆的。”

晏子佳说得十分得意，忽然在他身后墙上挂着一个照架子，便是总商会里赠送他父亲晏苟得的纪念物，内中写着“爱国热忱”四个大字，砰的一声，落将下来。晏子佳虽躲得快，而头上已带着一下，忙摸着头道：

“我的头颅险被击碎，带着些已是很痛了。”

晏太太吃惊道：

“大概线断了，佳儿，你有没有受伤？”

晏子佳道：

“没有没有，但是这些东西实在讨厌，悬在墙上，有何意义？还不如悬一幅裸体画美观得多呢！”

晏太太道：

“不要这样说，你父亲十分宝贵它的，换根绳子再挂吧！你口口声声欢喜裸体画，在你的书室里挂了许多，还有陈设着许多意大利石刻的裸体妇女模型，不知你为什么偏有这个嗜好？前一次小妹妹跌碎你的一个石像，你竟闹得不可开交呢！”

晏子佳笑道：

“母亲，这是各人的嗜好不同，比较母亲每天下午必要听唱弹词，欢喜收藏珍珠首饰，不是一样的吗？”

晏太太微微笑了一笑，晏子佳又道：

“我最好笑父亲口中说着爱国，又欢喜人家赞他爱国，然而他做的事却是卖国，好如一班要人口是心非。我却不赞成，何必要盗虚名呢？”

晏太太道：

“好了，你不要多怪你父亲了，他辛辛苦苦，自己不肯享福，所为着谁来？不是为了你们吗？你们年纪轻轻，要吃要用，有求必应，这些金钱都是哪里来的？若不是他那般想方法去赚钱，你可有这种舒服吗？你年纪也大了，自己也该转转念头了。”

晏子佳笑道：

“我们有了百数十万家私，一生吃用不完，我何必去辛苦赚钱呢？我的宗旨是和父亲不同的，人生行乐耳！孜孜何为者？”

晏太太听了，对他白着眼睛，好像没有话去驳他。晏子佳道：

“午饭可好？我在饭后还要同友人王君去玩高尔夫球呢！”

晏太太道：

“快好了。”

遂唤下人晏福前来收拾地上的镜架，重挂在墙上。

晏子佳有一个兄弟在学校内住宿，他自己读到中学毕业，没有进大学，在外游荡，不务正业，真是一个纨绔子弟。家中还有两个妹妹，年纪都轻，请着一位老先生在家教读中文。这天，他吃罢午饭，坐到书室中去，吸着一支雪茄，默默地出神，不知他思想些什么。晏太太素来溺爱他的，对于伊儿子在外的行为，马马虎虎，不去多问，自己每天下午在家听说书，或有几个女戚前来做挖花之戏，一样也是很散心的了。晏子佳坐了些时，忽听履声橐橐，走进一个西装少年，风姿美好，带有些女性味道，正是他的好友王恋。便道：

“恋，我已等候多时了。”

王恋鞠躬着道：

“对不起，我有些小事耽搁些时候，故而稍迟。”

晏子佳道：

“有什么事？又是写情书写得过长了？”

王恋哈哈一笑，并不辩驳。晏子佳握着他手说道：

“走吧!”

二人遂即走出书房。早听得里面弦索的声音，晏子佳也不去回禀他母亲，一同走出门来，坐上汽车，便驶将开去。车子来到马霍路口，只见迎面一辆机器脚踏车飞也似的开来，开车的乃是一个穿中山装的俊少年，全神贯注在前面。但在他的背后，侧坐着一个女郎，穿着一件苹果绿绸的旗袍，白色长筒的丝袜，露出一双银色的纤纤革履，正是他念念不忘的陈启英。晏子佳喊了一声“咦”，要招呼也不及，两边如飞而过。王恋问道：

“什么？你瞧见了谁?”

晏子佳不好意思多说，便答道：

“没有什么。”

二人依旧到他们的目的地去了。原来陈启英昨晚从广寒宫回到妇女救国会里，便在那边歇宿一宵，暗想：落花有意，流水无情。晏子佳对于我缠绕不清，他怀的什么心肠呢？男子的心里难道都如此卑鄙的吗？像他这样人，虽然是富家子弟，却是社会之蠹，花天酒地地过他一生，绝没有什么事业能干，怪他瞎了眼珠，妄生痴念，可笑亦复可怜。我都因他对于妇女救国会捐过一笔重大的捐款，又很高兴地赞助，所以不得不虚与委蛇罢了。从今后，我倒要谨慎一些，免得外人不明真相，多生流言。伊思想了一会儿，也就睡去。

次日起身，上午便至英英女学校教授了两个钟点的英文，仍回到妇女救国会用午餐。恰巧伊的朋友戴剑霞跑来看伊，伊想起戴剑霞是湖南人，作客他乡，在上海女子美术学校里当教员，生活并不富裕，以前曾托我代谋些小事，我何不荐伊到晏子佳家中教读呢？遂和剑霞说了，剑霞自然答应。谈了一刻，告辞而去。

午后，启英正想回家去，忽然伊哥哥启凡来了，说要去看许有明，因为许有明是他以前的同学，现在某中学里当体育教员，也是学生义勇军中的有名人物。他曾和启凡说过，很有意思要到关外去援马，情愿洒他的热血，为祖国杀敌，所以此刻要想邀他同去投义勇军，征求他的同意。启英和许有明也相熟的，很愿偕伊哥哥同往。启凡来时坐的机器脚踏车，启英便侧坐在后面，驶向同孚路同孚村去访许有明，却不料在半途遇见了晏子佳，但是，启英没有瞧见。

他们兄妹俩到了同孚村，一齐下车。启凡把车子停在门前去敲门，里面便有人出来开门，一个身体健硕的少年，对他们笑道：

“今天你们怎么的有空到此？倘然迟来一步时，我要出去了。”

启凡道：

“有明，我特来拜访，有一件事要征你的同意。”

于是，把机器脚踏车提进门去，放在天井中。

许有明的住宅是个三楼三底的新式房屋，收拾得十分整洁，许有明便让二人到左边一间会客室里坐定。下人早献上茶来，三人先互相述些闲话，又提及今天学生界捐款援马的事，热心可敬，这是我国民众应尽的相助，应有的表示。渐渐讲到东北问题，许有明击着桌子，露出义愤形色，大骂一班不抵抗官吏的无耻。启凡遂把自己如何认识朱彦，相约同到塞外去投义勇军，努力杀贼，因知许有明也是一个很热心的同志，现在有这个机会，要不要一同前去从戎，多得一位良伴？说也奇怪，起初许有明很有勇气地说话，大有挥我横磨剑，歼彼木屐儿之概，但是一经启凡征求之后，他却淡淡地答道：

“启凡兄有此大志，可敬可爱，小弟极愿附骥，以身许国，不过……”

说到这里，眉峰顿然紧蹙。启英忍不住说道：

“许君不是屡次同我哥哥说起要做义勇军去援马吗？况且许君对于义勇军习练有素，倘然你肯牺牲一己的幸福，冒险前去，我想国中必有许多人闻风继起呢！不过什么？”

有明听了，面上不由涨得通红，嗫嚅着说道：

“密司陈，请你不要笑我，此时我尚有苦衷，不能追随令兄同行，惭愧得很。他日倘有机会，定当成我之志。”

说罢，强笑一声。启英也就微笑道：

“很好！许兄请待来年吧！横竖救国工作正多，也不必一定要到前敌去的。”

有明点点头。他们又谈一歇，启凡遂立起身来，和启英向许有明告别。许有明送出大门，启凡拉着机器脚踏车，和启英别了许有明，在马路旁边且走且谈。启英道：

“凡哥有兴而来，败兴而回，此行可谓冤枉。现在许多青年，口中爱国，而不能躬践其实，自欺欺人，宛如九一八事变后，国中各处也有许多军长师长请缨，长征电文，上面未尝不写得痛快淋漓，个个要做岳武穆，其实也是空言而已。许有明的援马不过口上说说，出出风头，凡哥也未免太信人家了。”

启凡笑道：

“你知道许有明所以不肯出去，为什么缘故？我倒觉悟了。”

启英道：

"为什么呢?"

启凡道:

"他新近结识得一个腻友，姓宋名吟芳，是本埠沪江女学里的高才生。此人果然生得秀丽，我曾在南京影戏院中遇见他们俩看影戏，才识芳容。此人喜欢穿红色的衣，性情柔和，能博人怜，所以有一个别号，唤作'红羊'（red sheep）。两人感情很不错，不知为了什么事，有一次两人不睦了，发生误会。许有明气得了不得，竟用切菜刀断去一只小手指，写了一封血书，连那断指一齐送给了红羊，表明心迹。红羊果然回嗔作喜，二人的爱情更进一步了，听说他们也入场在最近期内将要结婚了。他说的苦衷，大概就是这件事。"

启英冷笑道:

"凡哥，你真无知人之明，许有明既然醉心在情场之中，哪里肯到沙场之上去效力呢？你去劝他同投义军，不是向白墙头上刷白水吗？唉！现在一班少年，都以恋爱为先提，国家存亡置之脑后，而一辈出风头朋友，大都借爱国为口头禅，宛如学生联合会成立的时候，多发生了几件爱情新闻而已。"

启凡听了，叹口气道:

"不用说了，各人尽心吧！我还有些事情要干。英妹，你自己坐了车子回家去，好不好？你昨晚没有归家，祖母很盼望了。"

启英点点头，遂唤了人力车到火车站去，坐火车回家。启凡也坐着机器脚踏车向别处去了。欲知后事如何，请待下回再写。

评:

写晏子佳在途中捐钱时之情形，可谓毫无心肝。学生界如此热心，而竟遇此种人物，可恨！但所捐之款是否须滴不漏，全行输助义军，今自马将军归来报告后，已成一疑问矣！此事不可不求水落石出，否则为义之士，从此灰心矣！

晏子佳与其母谈及其父晏芸得，说得甚是痛快，一则真不爱国，一则借爱国幌子以欺人，后者又较前者为杀不可恕也。

王恋滑稽可笑，然亦令人心痛，假使中国少年果都如此等人物，国家之亡可立而得，作者殆愤世嫉俗之流耶！救国不忘恋爱，恋爱可忘救国，人心之坏，于此可见。

第四回

腻友赠旗舍生取义
酒家饯别视死如归

三天过后，陈启凡不忘约期，便赶到吴淞静园来。朱彦正在颐养堂上盼望多时，一见启凡驾临，便含笑上前，握手行礼。坐定后，朱彦便对启凡说道：

“启凡兄果然践约，这叫作君子一言，快马一鞭，今天接洽后便可定行期了。这几天我披览报章，是马占山将军率领孤军死守嫩江，塞北天寒，无兵无饷，而与强敌周旋，实在不是容易的事。又如吉林各处的义勇军，他们所恃者只有热血与勇气，所苦者没有铁，俾斯麦的铁血主义，实是强国自卫的要素，可惜须二者兼全。倘然只有血没有铁，那就难于杀敌了。”

启凡道：

“不错的，所以国内人民对于义勇军应当设法接济饷械，俾奏肤功。最可恨者，当局在事先既没有准备，把大好山河拱手让与他人，而事后却仍无决心去收复失地，拯救东省同胞，开历史上从来未有此种耻辱的纪录，是可忍孰不可忍。”

正说到这里，忽听荔枝小径畔，革履之声橐橐，早有一个园丁引导着一个长身的男子走来。朱彦道：

“来了！”

遂和启凡立起身来，向那人招呼。那人从头上脱下呢帽，向二人鞠躬行礼，又握着朱彦的手，哈哈笑道：

“今天早晨我略有些小事，来得稍迟一点儿，有劳朱兄久待了。那位是谁？”

朱彦便代启凡介绍，且言：

“陈君已立定志向，加入义军，为国努力，愿和我们一同出塞。”

又对启凡说道：

“这位就是我说的谈虎先生了。”

谈虎先对启凡相视了一下，便道：

“很好很好，二位都是热血的青年，能够有牺牲的决心，可敬之至。”

启凡见谈虎身躯肥硕，面色苍黑，略有短髭，年纪约在三十四五左右，身上穿了中山装，腿上裹着黄色绑腿布，踏着一双黑皮鞋，谈吐很是爽快，正是年富力壮的健儿。三人遂坐着闲谈，所谈者无非时事，语多感喟，彼此都是同志，所以意气相投。当时朱彦便留谈虎在静园用午餐，启凡为陪，酒肴精美，宾主尽欢。席散后，遂约定下星期一动身北下，彼此告别而归。启凡屈指一算，为时只有五六天光景，自己还有许多事要摒挡完毕，遂先写了一封辞职书，递给东亚公司的经理，要求把职务辞退，以便出关去投义勇军。

这天晚上，启英回家，启凡便把行期告诉伊知道，只是在祖母面前约好，彼此隐瞒，免得她老人家要阻挡。启凡把弱弟启民托启英格外留心照顾，因为自己出关去当义勇军，本来抱着牺牲主义，他日能不能生还故里，渺茫得很。好在自己弟兄二人，留得启民在家，不愁陈氏有绝祀之忧。启英虽是个慷爽的女儿，但是和伊哥哥谈到家事，谈到别离，也有些黯然神伤。启英又对启凡说道：

“启哥，你们是星期一动身，我想在星期日的晚上和你们饯行，好不好？”

启凡摇摇头道：

“这倒不必吧！我们又不是做官去，你何必花什么钱呢？”

启英道：

“不讲做官不做官，你们出去投军从戎，挥戈抗日，是一个义薄云天的豪举，这是很值得我来和你们饯别的。况且启哥等即此一去，不知何日重得团聚，岂可不痛饮一番？”

启凡见启英说得如此诚恳，便道：

“好的。”

启英道：

“那么稍停我就写一请柬，要请朱彦和谈虎二位先生一齐到的，还有密司陶亚美，我想也要把伊一同请来。”

启凡将两手搓搓，微笑道：

“不必去惊动伊了，伊是很胆小的，一定不赞成我的举动。”

启英笑道：

“这倒未必见得。我在昨天和伊觌面时，已把你要投义勇军的事告诉伊知道了。”启凡不觉立起来问道：

“唉！怎么你已告知伊吗？何必呢？何必呢？这事或不免要麻烦了。”

启英道：

“伊也很赞成你的啊！”

伊凡道：

“真的吗？”

启英道：

“谁来骗你！伊曾说现在一班人贪生怕死，视国家之危亡如秦人之视越人肥瘠，漠不关心的。难得令兄有这样爱国的心肠、杀敌的精神，抛弃了繁华安适的上海，赶到冰天雪地的东三省去，真是志士，真是好男儿，谁也不当阻挠他的行程……”

启英的话还未说完，启凡拍着手道：

“亚美能说这话，一变平日软怯的常态，我很快活。那么你也不妨请伊同来，我和伊也有半个月没有见面了。”

原来陶亚美是上海人，家住闸北宝山路，父亲陶守成，开设一家绸缎店，经营商业，很有些积蓄，所生只有一位女儿，爱如掌珠。亚美也生得容貌娟秀，娇小可爱，伊父母不惜金钱把伊去受高等的教育，所以伊曾在美术专门学校毕业，擅丹青，工塑像，十分敏慧。执教于明慧女学，也是妇女救国会中的会员，对于会务很是热心。启英和伊很是投契，交称莫逆。因启英之介，又和启凡相识，在启英之意，很愿意伊的哥哥和亚美由朋友而变为情侣，将来再进一步而为眷属，那是最好的事。因为亚美性情温淑，为人很是循规蹈矩，并无浪漫色彩，而容貌美好，在交际社会中很站得出，若和伊哥哥匹配，真是佳偶。亚美见启凡言语行为可敬可爱，不愧是个有志的青年，而又一无嗜好，性情纯笃，所以也很愿意与他接近，认为伊未来的夫婿舍启凡莫属了。然而启凡对伊还是保守着朋友的程度，没有恋爱的表示。在启凡之意，对于亚美固无间然，不过他素来以为青年男女首当注重者在创造事业，为社会谋幸福，一己立名誉，不该醉心在恋爱上，自堕魔障，而误了一生，所以，和亚美始终保持着不即不离的态度。亚美曾许启凡代他塑造一个半身的石膏小像，但是好久没有完工，伊对于启凡的情感实在是很深的，知道伊心肠的，恐怕除了启凡，只有启英，所以，启英在无意中将伊哥哥的事告诉亚美知道了。

当时启凡、启英兄妹俩又谈些别的事情，然后商量在祖母面前如何撒这个大谎，并且除掉启英一人，其余家中的人连启民在内，一概不容许知道，以免泄露秘密。启凡想到在上半年初夏的时候，北平有个朋友姓樊的，曾经写一快函前来，要荐他在某某新开设的银行里服务，他推辞未去，现在不妨向祖母訾言樊某又来函介绍自己到某机关中去服务，自己因在上海浮沉多时，毫无进展，所以想到那里去换换空气。启英也赞成这个说法，商量定后，启凡便到老祖母前面去禀白。陈老太太虽然不舍得长孙远离，可是因为他欲谋前途的发展，不得不让他出门，并且因为启凡平时从没有说过半句谎话。所以很是相信，叮嘱他出了门诸事须要格外小心，身体亦须珍重，启凡唯唯应诺。陈老太太又问他几时动身，启凡推说事情紧要，下星期一便要动身走的。陈老太太听了，也没别的话。

启凡瞒过了老祖母，十分快活，便去干他的事。不料东亚公司的经理不准他辞职，并且允许他下月起即加薪金二成，极力挽留，但是启凡立志坚决，再上辞职函，声明自己实在情愿为国牺牲，所以辞职北上，并非为了薪水问题而有托辞。那经理没奈何，只好答应，但又劝他须要三思而行，何苦去蹈险？

然而启凡慷慨陈词，说得经理反而汗颜了。东亚公司的同人和启凡有交情的，得悉他已辞去职务，即日要束装北上，出关去投义勇军，大家聚集了二三十人，便在星期六的晚上，在杏花楼设宴公饯，又公送给启凡一柄犀利的宝剑和一袭皮大衣，勖勉他磨剑杀敌的意思。启凡收受了，表示十分感谢的心，且望他们在后方各寻救国的工作，共御外侮。众人听了，无不感动，当场又募集二百余金，即托启凡带往，补助义勇军的经费。可见爱国之心，人皆有之，只要有人以身作则，唤起他们的同情心罢了。

到得星期日的下午六点钟时候，陈启凡早已在家把行李整顿就绪，便赶到妇女救国会来。见亚美已和他妹妹启英坐在一起谈话，一见启凡到来，连忙立起招呼，把柔荑伸将过来。启凡遂和伊重重一握手道：

“密司陶，好久不见了。”

亚美微笑道：

“是呀！今天特来饯行的。启凡君，你的壮志果然可惊可佩，若没有启英姊告诉我，恐怕我不会知道的吧?”

启凡笑道：

“并非瞒人，现在外边借此而欺人骗钱，吹法螺出风头的很多，鄙人既已以身许国，只要实事求是地去做，何必多向人作口头上的宣传呢?”

亚美道：

“好，我很赞成你的说话，我如今无物相赠，带得一件东西在此，愿意献给你做个纪念。”

说毕，便从座旁取过一面旗，展将开来，乃是分着红、黑二色合做而成，表明铁与血的意思，上面绣着四个银色篆字“舍生取义”，双手托着那旗，姗姗地走至启凡面前一鞠躬，然后献上。启凡双手接过旗子，也向伊一鞠躬道：

“我很感谢密司的美意，此去当努力杀贼，不仅为国家出力，也就是报答密司的意思。这一面旗子我当时时放在身边的了。”

亚美又取出一个石膏造像，赠送与启凡道：

“前者我允许你代你手制一个半身的石像，一直没有成功，很是抱歉，自从闻得你有出塞的信息后，我就把别的事搁起，赶紧漏夜把这东西塑成，不知启凡君中意与否？”

启凡伸手接过，与启英一同观看，果然神情奕奕如生，十分酷肖启凡的面貌。启凡又说了许多感谢的话，珍藏在一起。启英一看手表，已经是六点半了，便道：

“不早了，我们快走吧！不要让他们先到了，说我们失礼。”

于是三人立起身来，走到门外，唤了三辆人力车，喊他们快快拉到四马路梅园酒家。不多时，已到了梅园，灯红酒绿，哀丝豪竹，正是热闹的时候。启英穿了件橘黄色的衬绒旗袍，外罩一件浅紫色的绒绳短马甲，亚美穿着一件黑丝绒的大衣，光泽可鉴，二人在先走上楼梯。启凡跟在后面，瞧见一对倩影，果然妍丽动人，早有侍者招待到一个房间里坐定，启英吩咐预备一桌十六元的酒菜，侍者答应而去，接着便听履声橐橐，侍者已引着朱彦和谈虎走进。大家立起身招呼，介绍过姓名，朱彦便对启英笑着说道：

“承蒙密司陈相邀，感谢得很，所以我同谈先生跑来，叨领佳肴了。”

谈虎也哈哈笑道：

“那是老实不客气的。”

启英道：

“几杯浊酒而已，不能说是饯行的。你们此番到东北去，负着重大的使命，令人敬佩，今夕相聚，不是容易的事，难得二位能够赏光宠临，荣幸得很。”

那时，侍者已把酒席安排好，启凡道：

“我们不必客气了，大家请坐吧！”

于是谈虎坐了第一位，朱彦坐第二位，启凡坐第三位，亚美坐第四位，启英是主，坐末位。斟过酒菜，大家谈谈说说，无非讲些东北情形和国事。谈虎对于当今各要人意见分歧，不能融洽，整顿军事，合力御侮，十分愤懑。酒至半酣，朱彦不觉以箸击杯，慷慨地歌着曹植的《白马篇》道：

……

羽檄从北来，厉马登高堤。

长驱蹈匈奴，左顾凌鲜卑。

弃身锋刃端，性命安可怀？

父母且不顾，何言子与妇。

名编壮士籍，不得中顾私。

捐躯赴国难，视死忽如归。

启凡听了，说道：

“好个‘捐躯赴国难，视死忽如归’，大丈夫马革裹尸，昔人有此豪语，今人当有此豪举，‘醉卧沙场君莫笑，古来征战几人回？’我们应当有视死如归之心，方能杀敌致果。”

遂又接着歌道：

风萧萧兮易水寒，壮士一去兮不复还。

朱彦道：

“白衣送酒，士皆瞋目，虎狼之秦，蚕食诸侯。太子丹知国亡不无日，不得不有此蹈险之举，荆卿的是好男儿，焉得称以刺客？惜乎一击不中，不然棋局或可变势。可恨那些腐儒反要讥笑他剑术之疏，孟浪从事，燕国自取灭亡之祸。不知刺亦亡，不刺亦亡，爱国之士岂能坐而待亡呢？英雄乌足以成败论。”

朱彦谈到这里，愈形慷慨。启英和亚美却不由螓首微俯，神情黯淡，而亚美的眼眶里，又隐隐含着泪珠欲滴。正在这个时候，门帘外边有一双眼睛向里张了一张，遂即一掀门帘，走进一个人来。启英抬头一看，正是晏子佳。欲知后事如何，且俟下回再写。

评：

此回又出一陶亚美，酒楼握别之前，得腻友赠旗，如此激励，安有不肯舍生取义者哉？

酒过三杯，慷慨吟诵，不失英雄本色，而两歌更合身份。朱彦发挥数语，为太子丹洗冤，尤为快人，宜启英、亚美之含泪欲滴也。

回末忽出晏子佳，奇哉！怪哉！

第五回

痛言斥浪子棒喝当头
迁怒及名花掌飞香颊

这天晚上，晏子佳恰巧也到梅园来赴友之宴，他们都是些纨绔子弟，酒食征逐，声色是娱，所以唤了许多名花前来侑酒，莺莺燕燕，挤满了一室，谑浪笑傲，打情骂俏，好似此乐虽南面王不与易的情景。晏子佳因为自己叫下的媚红老七，不知怎样的偏偏姗姗来迟，他伸长了脖子盼望。

眼看着大家叫的相好一个个都来了，独有媚红老七的倩影不至，虽打了两个电话去催，只知道伊已经坐了车子出来了，怎么到此时还不见伊的面？难道被汽车撞死了吗？别的不打紧，自己的面子却一时过不下去，人家要说他对于老七的交情还是够不到呢！想到这里，闷气得很，立起身子，走出室来。无意中瞧见隔室也有一桌人围坐饮酒，眼角上一带，似乎有两个异性坐在中间，遂在门帘隙中向里窥视，恰见启英正坐对门，心中一喜，不顾什么，竟自一掀门帘，闯了进来。说道：

“密司陈，你却在这里请客啊！”

启英见了晏子佳，勉强立起娇躯，微笑道：

“晏先生从哪里来?”

晏子佳把手向西边一指道:

“我就在隔室赴宴。”

启英便代晏子佳向启凡、朱彦等一一介绍过，凑巧在朱彦旁边留着一只空椅子，便对他说道:

“请坐，喝一杯酒吧!”

启英这句话无非是客气客气，因伊知道晏子佳已在隔室赴宴，此间大都是陌生的人，想他绝不会坐的。谁知晏子佳老实不客气说了一个“谢”字，竟自一屁股坐了下来。启英只得吩咐侍者添上一副杯箸，又代他斟上一杯酒。启凡以前也曾从启英口中听得晏子佳的为人，今日瞧见了他的庐山真面，觉得这样一个漂亮的少年，却饱食终日，无所用心，闲居为不善，尽管荒唐下去，难免走到堕落之路。又看着朱彦和晏子佳并坐，宛如一双玉树，风姿翩翩，似乎是一时瑜亮，无分轩轾。然而一则金玉其外，败絮其中，一则摒弃浮华，热心爱国，其间却有天壤之别了。启英的芳心中也是这般想着。晏子佳和启凡、朱彦、谈虎、陶亚美都不相熟，所以喝了一杯酒，先向启英问道:

“前天奉托密司陈的琐事，不知可有佳音吗?”

启英答道:

“令妹请师教读，我已物色得一位朋友，姓戴名剑霞，也是我们妇女救国会中会员，学问很好，我已代为说定了，缓日当约期伴伊到府面谒。还有你托绘的扇面，我也交给甘女士了，日期却说不定了。”

晏子佳道:

“很好很好，有劳密司清神，缓日你同戴女士来时，请先打一电话给我，免得我不在家，有失迎迓。”

启英道；

“好的。”

朱彦欢喜谈话，忍不住对晏子佳问道：

“这位晏先生一向在哪里得意？”

晏子佳道：

“荒唐得很，只是在家赋闲，研究一些文学，新近与几个朋友创办一种《春风日报》，专刊新的作品，想为海上小报界放一异彩。”

说到这里，立起身来，陡地往室外一走。大家都觉得莫名其妙，旋见晏子佳挟着一卷报纸跑了进来，很得意地向启英说道：

“我主编的《春风日报》出版了，请你们看看，不吝指教。”

说罢，便分送给众人每人一张。大家接过一看，见报纸用的重磅桃林纸精印的，编排得十分玲珑精美。再看图画，有名妓媚红老七的小影《睡态惺忪》，媚红老七穿着睡衣，侧睡在床上，玉股高耸，酥胸微露，一手拈着绣枕，一手枕着螓首，含情脉脉，正对着妆台上的电灯凝视。晏子佳指着说道：

“这张照是我叫老七睡着摄的，令人见了，不曾真个已销魂。”

说罢，哈哈大笑。又指着一张裸体画道：

“娟娟此豸，便是某某艺术大学里的人体模型，这是校长送给我的，名贵得很。”

又有一张是摄的一对妇女玉乳，下面注着山西女子之乳，还有两句小诗，“温软新剥鸡头肉，滑腻还似塞上酥”。晏子佳又道：

“这是山西妇人的乳头，所谓塞上酥者便是，可谓与众不同。”

大家听听晏子佳的话，更是稀奇，一样是乳头，为什么山西的与众不同呢？碍着启英和亚美的面，不便细究。其他又有《游泳池畔》《北戴河之晚浴》，以及电影明星坤伶的照片，充满着肉感的色彩，至于文字，却有曾经沧海楼主的《我之肉味》，黑旋风的《北四川路销云的一夜》，老嫖客的《名妓小彩云私处之奇秘》，以及《扑克必胜》《香槟酒后》《舞星黄红豪的艳史》《某赌场的秘密》《怎样消磨美的黄昏》《今朝有酒今朝醉》《疑云疑雨》《巫峰回忆录》《海上名媛识小录》《高尔夫球琐谈》等，晏子佳接着说道：

“诸位看这报不是精神很饱满吗？我不惜牺牲金钱，更费了许多精神，方才使这《春风日报》呱呱坠地，初试新声，与爱读者相见。不是我夸口说，其中特约的撰述，都是风流文人，在肉林韩庄青楼舞场赌窟艳囮等处走惯的，都有很深的经验，断非一班向壁虚造者可以望其项背。所有的各种照片，也是很名贵而不易收集的，足以在小报界中独当‘霸王’二字而无愧，所以昨天刚才出版，销路大盛，一万份的报纸只剩四五百份在馆里了。以后还想辟一名媛栏，专刊一切关于海上名媛的艳闻逸事，以及她们秀丽华贵的倩影，还请两位密司鼎助，使败楮增光。”

说罢，双目照着启英和亚美的粉脸，似乎很恳切的神情。启英见晏子佳办这种专以肉感猥亵文字诱人的小报，心中大不以为然，不觉默默无语。亚美也觉得晏子佳外面看去，虽是个摩登少年，其实是游荡好闲、嫖赌吃着、无所不为的浪子，启英是个好女儿，怎和他交友呢？朱彦看了《春风日报》，哈哈笑道：

“晏先生办这张日报，果然光怪陆离，精神饱满，其中许多图画文字很是不可多得，亏得晏先生有这样心思去收集拢来，佩服之至……”

朱彦的话还没有说完，晏子佳以为朱彦夸奖于他，十分得意，把足一颤一颤地颠摇着，仰着脸静候朱彦说话。不料朱彦顿了一顿，接着说道：

“然而在鄙人看来，晏先生的许多精神都是浪费的，并没有什么价值的。”

晏子佳想不到朱彦突然说出这两句话，好似当头一棒，把他所有的喜气洋洋一齐打去，不由呆一呆。启风兄妹等都觉朱彦说话爽快，好似白乐天所咏的“银瓶乍破水浆迸，铁骑突出刀枪鸣”，出人不意，快语快人。又瞧朱彦的面色很是庄重，知道他必有一番议论，所以大家很静地听他说下去。朱彦又道：

“这话怎么讲呢？我是喜欢直言的，晏先生不要动气，因为我们现在所处的是何世界？是何情形？晏先生是个聪明人，本无待鄙人哓哓费辞，但是骨鲠在喉，不得不吐。唉！晏先生，你可知道强邻蚕食，神州陆沉，我辈快要做亡国奴了吗？我若骂晏先生是个亡国奴，晏先生当然必要艴然变色，绝对不肯承认，所以凡有血气之伦，凡为一国的国民，当然不肯坐视他的祖国被人家灭亡，而自己情愿做亡国奴的。除非是一班丧心病狂、寡廉鲜耻之徒……”

朱彦说到这里，双眉陡竖，声色俱厉，凛乎其不可侵犯。晏子佳也不由悚然微惊，又听他很慷慨地说道：

“自九一八惊变以来，日本军阀侵略的野心日甚一日，种种措施如挟废帝溥仪到东三省、恫言退出国联等都是他们的计划，外交军事努力进行，将来东三省必由日人拥立溥仪建立伪国，效法亡韩的故智，把我的土地夺去，然后统一满蒙，进窥平津，以遂他们侵占大陆的雄心，所以，这出戏方在开始演唱，没有底止。我国人应当快快觉悟，大家起来，站立在一条战线，自救其国。然而环顾国内的情景，又怎样呢？政府口头说长期抵抗，收回东北，其实没有办法，依然是无抵抗，徒向国联乞怜，又有何益？而一班人民也是醉生梦死，糊里糊涂地过日子，这样国家快不要亡吗？我辈青年是中华民国未来的主人翁，那么应该如何淬厉奋发、共赴国难？岂可随着一班无智识的人依然侈谈风月、高唱恋爱，将声色玩好沉没自己的一生呢？照晏先生这般聪明的人，并非无智无识，在此国难期间，蒿目时艰，自当憬然悟，奋然起，有拔剑起舞的雄心、渡江击楫的感慨，联合一班同志，各尽天职，做些爱国的事业、御侮的工作，方不负天生我材之意。哪知晏先生别的事都不做，偏有许多逸兴编辑这种小报。在晏先生心中，以为满纸风月，足够令人销魂荡魄，自鸣得意，然而在有心人看来，这种有碍风化、无补大雅的臭文章丑图画，平时已不容许，何况在此国家危急存亡之秋呢？试问晏先生将这日报贡献给社会上哪种人看呢？人家看了有什么益处呢？唉！商女不知亡国恨，隔江犹唱后庭花。晏先生难道甘自比于商女之列吗？”

说到这里，一阵冷笑。这一席话说得如并翦哀梨，痛快无比，晏子佳如何受得起这般痛责？羞恶之心，人皆有之，所以他的面上早已连耳根都涨红了，自己坐在椅上，如坐针毡。他一般给人家拍马屁拍惯的，现在受了这个气，大大不愿，遂勉强向朱彦说道：

“人各有志，未可相强，朱先生这般爱国，实在难得，那么为什么不去荷戈杀敌，却来酒席上徒作豪语？我看也不过百步与五十步之间罢了，我没有瞧见真正爱国之士。”

谈虎在旁听得不耐烦，不由哇呀呀喊起来道：

“你没有瞧见爱国之士吗？哼哼！可笑晏先生空生一双眸子了。老实和你讲了吧，海上的仕女正在酣歌恒舞，不知亡国之恨，塞外的马将军和一班义勇军正在冰天雪地中和倭奴血战呢！鄙人便是义勇军的代表，这两位朱先生和陈先生已都立志加入义勇军，不日即同我仗剑出关，具着大无畏的精神去挥戈抗日了。今夜是陈女士的美意，特地在此饯行的。你说不曾瞧见真正爱国之士，现在这两位志士难道不能算得爱国之一吗？可笑晏先生空生一双眸子了。”

晏子佳既被朱彦斥责，又遭谈虎奚落，白瞪着两眼，一时没得话回答。恰巧室外一个侍者掀帘说道：

“晏先生在这里吗？官人来了。”

晏子佳借此脱身，便向启英说道：

“原来今晚是密司陈与令兄等饯行，恕我不知，多有冒昧，失陪了！”

便和众人略一颔首，三脚两步很快地逃出了重围，回到自己那边。见媚红老七手里挽着一件黑丝绒的披肩，身穿血红色波光绸的旗袍，亭亭般立在自己的空椅子前，一只纤手搭着椅背，手指上的金刚钻戒指在电灯光下闪闪地照耀着，一双水汪汪的妖媚的眼睛，斜盼到晏子佳脸上，娇声说道：

“晏大少，对不起，我来迟一步了。”

换了平日时候，晏子佳早已走过去，拥着伊尝一个甜蜜之吻了，但是今晚受了人家莫大的气，媚红老七又是迟迟不到，若是伊早来的话，自己也不会走过去受这气恼。他的一肚子气愤无处发泄，遂迁怒到媚红老七身上，板着面孔，一句话也不答，很快地走上前，伸起右手，照准媚红老七雪白粉嫩的香腮上掴了一下，大骂道：

“狐狸精，怎么此时才来？难道我不出钱的吗？搭什么臭咸肉的架子？难道还不知道晏大少爷的脾气吗？”

媚红老七今晚起身稍迟，堂差较多，自己又抽了一刻阿芙蓉，赶紧出门，先跑了一处，不想被人家攀留了不少时候，好容易推托脱身，丢了别处堂差不顾，跑到这里来，总算巴结了。自家没有什么大错，不过来得稍迟，不料受了晏子佳的五指雪茄，又当着众姊妹面前，好不羞惭，又气又怨，低倒头哭泣起来，但伊怎知道其中另有曲折呢？大家做好做歹，将两边劝住。晏子佳也平息了怒气，隔室的陈氏兄妹众人听得清楚，觉得晏子佳的人格卑鄙极了。朱彦忍不住问启英道：

“方才来的晏先生，我瞧他的为人很是虚浮的，完全挟有纨绔习气，不知密司陈怎样和他认识？”

启英被朱彦一问，不由面上微红，遂把自己在妇女救国会中，以前如何向各界捐募基金，晏子佳捐过巨款，不得不略与周旋，所以相识，俱以告知，又说：

“晏子佳这人很讨厌，人家不高兴去睬他，他偏要纠缠不清的。”

启凡道：

“以后这种人不要给他面子，他自然知惭而退了。”

启英笑道：

“晏子佳的面皮真老呢！不然他怎会闯到我们席上来？”

谈虎道：

“人之所以异于禽兽者几希，像这种人全无心肝，是社会之蠹，我们且不要谈他吧！大家再多喝几杯酒。”

启凡道：

“谈先生说得是。”

于是大家畅饮一番，直吃到肴核既尽，杯盘狼藉，方才散席。朱彦、谈虎约定启凡明日共坐下午的特别快车北上，大家到站相见，又向启英道谢数语，先行归去。启英因为亚美明天要送行，也约伊明天在火车站见面，兄妹俩代亚美唤了人力车，送至宝山路，自己也坐着汽车回家去。

明日下午，启凡将行李收拾一遍，并不多携物件，只是些应用之物和寒衣，还有亚美所赠的东西，以及公司同人所送的宝剑，一齐携去。拜别了老祖母，赶奔车站，可怜陈老太太还认道伊的孙儿到北平去呢。启英送伊的哥哥到站上，早见谈虎、朱彦已在那里等候，遂先将车票购好，接着见亚美匆匆跑来，手里还提着许多馒头食物，亲来送行。启凡很觉过意不去，于是一齐走入月台，上了车，先在车上坐定，大家讲些闲话。启凡心里觉着有许多言语要想对他的妹妹和亚美说说，可是一句话也说不出来，只得谈些不相干的话。不多时，铃响了，火车快要开了，启英、亚美遂立起身和三人一一握手告别。亚美临去时回头对启凡说一声“前途珍重”，启凡瞧见亚美说这话时，一手将手帕去揩伊的眼睛，真是“黯然销魂者唯别而已矣！”二人走下车去，立在月台上，等候车行。汽笛一声，车轮已蠕蠕而动。启英、亚美将手帕向空中招展，代表送行的意思，启凡等也把素巾扬着，这时候，启凡心中一阵凄酸，大有英雄气短、儿女情长的情怀，他舍不得和他的挚爱的妹妹分别，他舍不得和他可爱的腻友判袂，并且从此一去，不知今生能不能重返沪滨，和这些人见面。亚美柔和的声音，亚美秀丽的面庞，将不可得闻、不可得见了，忍不住低下头去，险些堕出泪来。但一抬头，见朱彦、谈虎两人正襟危坐，不动声色，他的勇气顿时回复去。火车已过外扬旗，加足速率向前驶去。

启英、亚美立在月台上，看那车子去得远了，亚美兀自将手帕扬着不放下。启英正要喊伊，忽见亚美面色骤变，身子晃了一晃，摇摇欲倒，说声不好。欲知后事如何，请俟下回再写。

评：

酒楼饯别，正在慷慨悲愤之时，忽加入一晏子佳，似已令人大煞风景。而晏子佳偏不识时务，沾沾把《春风日报》出示，宜其遭受痛言之斥责，而自致其辱也。

《春风日报》内容在本回中略叙目录，已可窥见其肉感动人，吾想必有许多人深憾无此报以一饱眼福耳！

朱彦之骂，有抑扬，有顿挫，痛快淋漓，如渔阳三挝，岂但骂一晏子佳而已哉？

晏既受辱，尚思反唇相讥，又被谈虎奚落，宜其不能安坐而遁矣！

晏子佳受人之辱而泄怒于媚红老七，娟娟此豸，一腔怨气又从何处发泄哉？为妓亦太可怜已。

席间来一晏子佳，在作者意中，借此以衬出启凡与朱彦之难能可贵，但足使启英难堪，故借朱彦一问以解释之。

第六回

月明人寂舞环龙宝刀
胆大艺高盗逐日名马

启英连忙将亚美扶住问道：

“亚姊怎样?”

亚美一手扶着自己的额角说道：

“不知怎样的，有些头晕，现在好些了。”

启英知道伊和启凡临歧握手，离别之情，使伊平添不少伤感，所以有此景象了。启英等亚美定了定神，便说道：

“我们归去吧！不必在此伫立了。”

亚美道：

“舍间离此不远，不嫌怠慢，请姊姊过去坐坐可好?”

启英道：

“很好。”

于是两人携着手，走出月台来，觉得站上形形色色，都显出黯然销魂之状。两人走出车站，走到宝山路，亚美家中虽开着店，但是住宅另在一处的，新造一座小小洋房，红楼绿窗，十分精美。亚美的卧室是在楼上右边一间，中间还分出两小间，前一间亚美把它装设成了一个书室，里一间方是她的卧榻，都收拾得又精美又清洁。亚美请启英到了她的楼上，和亚美的母亲见过后，便到伊房里去坐。女仆送上香茗和茶盘，启英在无意中偶见在亚美的妆台上放着一个四寸照片，配着精致的镜架，那照上的人是一个珠辉玉润的美少年，近前一看，正是启凡的半身肖像，不觉说道：

“呀！我道是哪一个？原来就是我的哥哥。”

亚美不由面上飞起两朵红云，低着头说道：

“这就是令兄给我塑像的小照，我因为这照片拍得很好，所以留下来没有奉还令兄。”

启英是知机的人，亦不再多问，于是坐谈了一会儿，启英因为会中尚有事情，所以就和亚美告别，回到妇女救国会中去。亚美送伊到门口，忽听火车汽笛声响，又说道：

“此时令兄大约已过南翔了。”

启英知道亚美仍在惦念远征之人，便说道：

“亚姊如有暇，请常到会里来游玩。”

遂雇了一辆人力车，坐着而去。

且说启凡等坐了火车，到得南京，便接坐津浦车，赶到了北平，在北平勾留数天，觉得北方风土和南方大异，谈虎在那里有几个朋友请他吃饭，伴他们同游颐和园、北海等处。其时，东省义勇军和日军鏖战的消息载满在大报小报，日本的多门师团正在积极预备大规模的攻势，决心要扑灭那马占山的黑龙江军队。因为日军把嫩江的桥修理之后，有数列车载着一千七百余名日兵，以及枪炮辎重等从桥上驶过江去，不料开至桥中间，骤然中断，许多日兵一齐葬身江波，所以日军受了这个重大损失，更加痛恨了。启凡等知道情势紧急，不容迟滞，因此不敢多耽搁便离开了北平，向通州等处，取道喜峰口入热河。因为北宁路在关外的已入日军之手，交通梗阻，不得不绕大圈子走了。

三人星夜赶路，这一天早到了喜峰口。走得十分口渴，见道旁有一家酒店，谈虎道：

“我们今天须在这里住宿，明天再可赶路。我肚子里很想喝酒，不如先喝些酒再说。”

启凡、朱彦都道很好。三人走到店里，拣一个精雅的座头坐下，把行装放在一边，早有酒保上来伺候，三人点了几样菜，和三斤酒，慢慢地喝起来。店中坐客很少，靠北窗有个座头，窗外有一株大树，枝叶遮得那边有些黑沉沉的，座上坐着一个彪形大汉，穿着一件蓝布棉袍，腰里束着黑腰带，头上戴顶深黄色毡帽，粗眉大眼，双目炯炯地时常对他们瞧看。且又眈视他们的行囊，托着大杯酒狂喝，却只是一声也不响。三人看了，心中暗暗忖度，不知那大汉是个何许人。瞧他形景，似乎是绿林中的好汉，虽然行囊中无甚贵物，却也不可不防，所以三人一边喝酒，一边也很留神看那大汉。那大汉喝到壶中酒干时，吩咐酒保再添酒来，在他桌子上已堆叠着许多酒壶，足见他的酒量不浅。

这时，耳边忽听空中有喤喤的声音自远而近，一刹那间已到了顶上，便听得机翼轧轧的声音。店里的酒保一齐奔到天井里去瞧看，街上的人也都围拢来，仰着头观看。大家都喊道：

“飞机！飞机！红太阳记号的飞机！”

启凡等三人知道日本的飞机来此窥探了。只听得那飞机在空中盘旋十多分钟的时候，渐渐飞去。酒保们走到里边，大家纷乱着说道：

"前几天谣言着日本飞机将要到这里来掷炸弹，今天果然来了，说不定此间也将感受到不安呢！"

又有一个说道：

"最可惜我们的张少帅，在沈阳有二三百只飞机，在事变发生的当儿，一齐都被东洋人夺了去。他们便用这批飞机来轰炸我们的义勇军，岂非糟糕？"

三人听了，也不胜愤懑。日本的飞机可称横行已极，在我国的领空里飞来飞去，旁若无人，可谓侮辱之极了。谈虎对朱彦、启凡二人说道：

"人家说日本的陆军怎样厉害，但是只要我们都有决死之心，也未必不能取胜，只要看马占山将军他以孤军能够和他们支持许多日子，以及义勇军和他们作战，靠着地理的险要，往往能出奇制胜，使他们奈何不得。至于海军呢？我们虽然没有庞大的军舰和他们对付，但是他们只能在海洋中耀武扬威，海军陆战队的作战本领也属平常，我们也不怕他们。只有这飞机到处飞行，不但可以窥探军情，传递消息，而且可以掷弹轰炸，使我们无法防御，并且我国的飞机极少，程度也很幼稚，够不到和他们在空中交绥。况且高射炮也没有，在领空一无保障，真是令人怒发冲冠，徒唤奈何。除非要有像《封神榜》上的雷震子、辛环一流人，方可制敌，现在我们义勇军最畏忌的也是这飞机。"

谈虎说到这里，忽见那大汉放下酒杯，立起身走过来，对三人一揖道：

"你们三位可是到东北去投义勇军的吗？日人可恶，他们夺我的土地，焚我的庐舍，杀我的同胞，比较以前契丹女真蒙古满洲等族侵略的情况，更要厉害十倍。他们不但要夺我三省土地，而且要灭亡我们的国家。自古以来，外侮的急迫和重大，没有甚于此时了，只可恨当局的高唱着不抵抗主义，畏首畏尾，拥兵不动，坐视敌人一步一步地迫近，谈笑容容，来覆亡我国。不知他们怀着什么心肠？与其说他们是镇静，不如说他们好像生了急病，不想救治，却坐着等死，岂不可痛？现在东省人民大家自动武装起来，去和倭奴抵抗这种爱国的举动，真是可敬可爱、可泣可歌，各处爱国的志士都纷纷去加入义勇军，足见人心不死，尚可有为，我也想到那里去投效，却恨没有伙伴。你们三位是不是去投义勇军的？请你告诉我。”

三人听了他激昂的说话，很是感动，便请他一同坐下。谈虎遂告诉他说，自己是吉省义勇军首领钟克毅的代表，怎样到上海去和各界接洽，以及朱彦、陈启凡二人怎样离弃了可爱的家乡和家人，跟我一起投军杀敌去。现在钟克毅正在绥芬附近玉带山中，和日军对垒，若得壮士肯一同前去出力，甚为欢迎。便又向大汉请教姓名。大汉道：

“在下复姓南宫，草字长霸，沧州人氏，一向流落江湖，无甚建立，说也惭愧。因为平生略具武艺，镖师也做过姑且匪也做过，有一时候常在关外和同伴做这些勾当，所以关外地理很熟。小白龙、老北风等，在下都与他们相识，且喜他们现在受了外侮的刺激，都一齐高揭抗日之帜，从土匪一变而为义军了。咱听到他们勇敢杀敌的消息，不觉神往，所以咱也想去加入义勇军，只因咱在三年之前，为了一件事情，自己忽然觉悟，放下屠刀，不再干那椎埋剽劫的生涯，到关内豫鲁一带去混了好久，不然恐怕自己早已做了义勇军了。”

启凡听他说话豪爽而诚恳，知他虽然以前做过不正当的行为，然而却有热血，肯加入义勇军，使自己多了一个有力的同志，也是难得，遂对南宫长霸说道：

“尊驾既患无伴，我们就一起去可好？横竖一样是爱国，一样是杀敌，不必定要投哪路义勇军的。”

南宫长霸说道：

“不错，四海之内，皆兄弟也！凡是肯决心抗日的，都是很好的同志，咱与你们虽为萍水相逢，却一见如故，难得难得！咱情愿跟你们去。”

三人听说大喜，遂又添酒添菜，一齐开怀畅饮。吃罢酒时已近天晚，谈虎道：

“我们今天就在这里过宿吧！南宫兄便和我们一起找旅馆去。”

南宫长霸点点头，四个人一齐立起身来。朱彦抢着付了两边的酒钞，谈虎、启凡去携行囊，南宫长霸走到自己座旁，取过一个青花包裹，中间露出四五寸长的刀鞘，对三人哈哈笑道：

“咱是个穷光蛋，一身之外，并无长物，只有这柄宝刀是我的第二生命了。”

于是四人走出店来，过了一条街，已找到一家逆旅，四人进去拣了一间宽敞的房间住下。晚餐后，月明如水，四人在亭中闲步。启凡忽然对南宫长霸说道：

“南宫兄，方才说有柄宝刀，爱若第二生命，可能赐我们一观？”

南宫长霸说道：

“可以可以。”

回身跑进房中，取了他的宝刀走出，倏地从鞘中拔出。三人但觉眼前一亮，见那柄宝刀约有三尺多长，锋芒犀利，刀背上镌着龙形，且有个大环，在月光下略一摆动，寒光迫人，于是大家啧啧称美。南宫长霸道：

“此刀名唤环龙宝刀，是汉魏间物，六七年前有个朋友送给我的。现在此人已亡，物却长在，所以我更是珍贵了。”

朱彦道：

“南宫兄既有此宝刀，当有好身手，趁此月明人寂，何不挥刀一舞，使我等一观高技？”

南宫长霸点点头，随即把长衣脱下，将环龙宝刀向怀中一抱，走到庭中心，使个门户，嗖嗖地舞将起来。但见他龙骧虎跃，上下左右尽是刀光，愈舞愈紧，月光和刀光相映，变成一团白光，耀人眼睛。南宫长霸将一路刀舞完时，忽地收住，对三人带笑说道：

“劣技不足赐观，献丑献丑！”

三人道：

“南宫兄有此绝技，使我们十分佩服，但愿他日挥君宝刀，歼彼倭奴，那么不负南宫兄的本领了。”

启凡又道：

“日本人对于武士道的风气很盛，他们的壮士常常身佩倭刀，视为奇珍，所以倭刀和缅刀一样著名于世。我记得革命先烈秋瑾女士，伊在东瀛的时候，曾作一首《宝刀歌》赠给日本铃木文学士，以文学士而佩宝刀，可见日本尚武之风，全国推重，强国强种，并非无因。这首《宝刀歌》我还记得，现在不妨背诵给你们听听。”

启凡遂朗声歌道：

铃木学士东方杰，磊落襟怀肝胆裂。
一寸常萦爱国心，双臂能将万人敌。
平生意气凌云霄，文惊坐客翻波涛。
睥睨一世何慷慨，不握纤毫握宝刀。
宝刀如雪光如电，精铁熔成经百炼。
出匣铿然怒欲飞，夜深疑其蛟龙战。
入手风雷绕腕生，眩睛射面色营营。
山中猛虎闻应遁，海上长鲸见亦惊。
君言出自安纲冶，子贰成川造成者。
神物流传七百年，于今直等连城价。
昔闻我国名昆吾，叱咤军前建壮图。
摩挲肘后有吕氏，佩之须作王肱股。
古人之物余未见，未免今生有遗憾。
何幸获见此宝刀，顿使庸庸起壮胆。
万里乘风事壮游，如君奇节谁与俦。
更欲为君进祝语，他年执此取封侯。

启凡歌毕，南宫长霸道：

“倭奴有宝刀，我国也未尝无宝刀。从前吴大帝、魏文帝都将精铁铸成宝刀，还有后梁的陶贞白，隐居贝都山中，蓄有两刀，一名善胜，一名实胜，往往自己飞开去，如两条青蛇。可见我国古有宝刀，可惜大都埋没不闻罢了。”

朱彦道：

“这都是后世文弱之风所致，否则战国秦汉之间，士人佩刀也是常有之事啊！”

四人谈了一会儿，见时候不早，也就归房安寝。次日一早，付去旅费，四人便向前进发。前面都是山路，步行甚是不便，且没有骡车可以代步。朱彦道：

“此时我们最好要有坐骑了。”

谈虎道：

“一时到哪里去找呢？”

启凡忽将手向前一指道：

“那边不是有一骑很快地跑来吗？”

三人跟着看时，果见前面山坡下有一骑远远地疾驰而来，尘沙飞扬，好似腾云驾雾一般。南宫长霸道：

“那坐骑必然是匹好马，我们何不把它夺了下来？”

谈虎道：

“好！”

四人遂避匿在林中，谈虎、朱彦都将手枪实弹，预备射击。说也真快，那一骑看看已跑至林前，尘土高起了一丈，可见那马跑得非常之惯例，而坐客也是一位骑手了。谈虎等到那马跑近在五六十步内的时候，便将枪机扳动，只听砰的一声，坐上的人早已滚落马鞍。那马好似通灵的，立刻也收住马足，不向前跑了。四人大喜，一齐跳出林子，要想去取那马。忽然，那跌下去的人霍地翻身立起，掏出一把手枪，瞄准四人喝道：

“不许动，举起手来！”

四人一心以为他已死了，不防到有这么一着，没奈何，只得都把手臂举起，见那人穿着一身青布衣服，头上扎着一块青布，相貌雄武，是个蒙古人。对四人相了一下，说道：

“我瞧你们也不像是个强盗，为什么伏在林中向我开枪？若非我有本领，早被你们铳死了。”

谈虎正要回答，南宫长霸忽然喊起来道：

“你不是喀什伦大哥吗？南宫长霸在此。”

那人又对南宫长霸仔细一看，然后说道：

“哎呀！你真是南宫兄，我们阔别多年，几乎不认识了。这三位又是谁？是不是你的朋友？”

说时，把那只擎枪的手徐徐放下。南宫长霸便介绍三人和喀什伦相见，且通姓名，将他们取道热河径投绥芬义勇军的事情告诉喀什伦。又说：

“我们要想找寻坐骑，所以冒昧动武，不想遇见了老哥，自然夺不到手了。”

喀什伦哈哈笑道：

“你们要想马匹，那是很容易的事，待我来代你们想法便了。”

南宫长霸又告诉谈虎等三人说，喀什伦是热河有名的马贩子，自己以前曾和他相识，本领很好，性情直爽，够得上是个朋友。三人也见过喀什伦的好身手，知道外边能人很多，甚是佩服。喀什伦对他们说道：

“舍间离此不远，请过去坐坐可好？”

四人遵命，便跟着喀什伦向东边山弯里走去。走了两个钟头，见前面大树之下有一带草屋，便是喀什伦的庐舍。四人便跟着进去，席地而坐。喀什伦的妻子也出来相见，是个壮健有力的蒙古妇女，送上五杯羊酪来。朱彦等谢了喝下，喀什伦便对四人说道：

“我是个马贩子，当然有马，但是你们若要平常的坐骑，我这里十四八匹都有，若要名马，却只有我坐的一匹玉狮子，确是好马。我今先奉送与南宫兄，并且还要代你们找觅三头好马。这里相近九松坡边，有个姓洪的，他家养有许多好马，其中有一匹全身毛色雪白，体高足长，每日能跑七八百里路不用休息，名唤追风逐日。因为它在路上跑的时候，只要太阳不落山，它终不想停步，并且跑得如风驰雷掣，奇快无比，所以得此名号。我以前曾向姓洪的商量，愿将五十匹坐骑换取此马，叵耐那厮不肯应允，简直可恶。今天你们且在这里歇宿，待我在夜间去将这匹马盗来，送给你们可好？”

四人听了，一齐道谢，大家便各闲谈。南宫长霸和喀什伦讲些蒙古的情形，启凡、朱彦等讲些江南风景，以及上海的繁华。喀什伦听他们讲上海，如同国人听留学生讲伦敦、巴黎的繁华，十分欣羡。

到天晚的时候，喀什伦的妻子点上一盏蜡烛，送上一大盘烘饼和五杯牛乳，五人吃了，走到外边一看，正是个月黑夜，天上起了许多乌云，星月无光，远近山峰矗列着，好似许多高大的鬼魔。喀什伦道：

“我要去盗马了，你们且在此稍待，我去去就来。”

启凡动了好奇之心，对喀什伦说道：

“我要跟你同去，可惜我不惯超乘。”

喀什伦道：

“你若要同去，不妨和我坐在一匹马上。”

启凡道：

“很好，待我去广广眼界。”

谈虎等不便拦阻，只得让他前去。喀什伦便去带了一根白蜡杆子，牵过自己的玉狮子来，先腾跃而上，然后让启凡坐上，对三人略一点首，将马一拎，那马便泼刺刺地展开四蹄，向前飞跑而去。启凡坐在马上，带着一根缰绳，全靠喀什伦去控纵。这玉狮子奔腾如飞，不多时，已到了一个所在。山坡之下有一带高大的房屋，望过去黑压压的约有数十间房屋。喀什伦操着勉强的官话，对启凡说道：

"到了。"

便将马收住，又做个手势，和启凡跳下马来，把手拍拍马鞍，意思要叫启凡在此看马，让他一人前去。启凡点点头，便见喀什伦提了那根白蜡杆，连纵带跳地跑向屋子西首一个大马棚去。真正隔了几分钟的时候，早见喀什伦带了三匹马前来。启凡正要询问，喀什伦将手一指，叫启凡快快上马，启凡忙跳上那匹玉狮子。喀什伦便随后跨上马鞍，两腿一夹，那玉狮子向前奔跑。启凡心中正在纳罕，喀什伦既然盗了马来，为什么不坐着而走？及至回头看时，见喀什伦将手中白蜡杆朝后扬着，好似军官手中的指挥刀，那三头马紧跟着玉狮子的马尾而行，就觉得喀什伦的盗马果有本领了。刚才跑得百十步，忽听背后人声呐喊，火把齐明，有许多人坐着马追来，大喊：

"不要放走了盗马的贼！"

欲知后事如何，请俟下回再写。

评：

启凡与亚美之恋爱，若有若无，然亚美送别时竟有此种现象发生，可见伊人芳心矣！又借写房中启凡一影，则二人之未尝无情，亦可知矣。

亚美所居之处，借启英走往憩座写将出来，亦为以后十五十六回预伏地步。

中途遇南宫长霸，活写出一个北方之强来。而月下舞刀，更可见壮士之高技也。

出一南宫，又出一喀什伦，文笔写来非常精悍，作者惯写武侠，故能有惊人笔墨。

第七回

悲国难壮士陈感言
痛家仇老人殉强敌

喀什伦不慌不忙催着玉狮子飞跑，忽然背后枪声两响，喀什伦忙拉启凡一同伏身马背，子弹唰唰地从头上飞去。喀什伦一边逃，一边摸出手枪，回身向后放了两枪，便听背后人声嘈杂起来，却止住不追了。喀什伦乘这当儿，转了一个弯，飞也似的奔跑。转瞬间已听不到背后的人声，瞧不见背后的火光了。启凡透了一口气，方才放心。

隔了一刻，回到喀什伦自己的庐舍，谈虎等正在门首盼望，听得马蹄声，知道他们归来了，心中大喜，一齐迎上前去。玉狮子跑到自己门前，便自己停住，背后的马也停下来。喀什伦和启凡从马上跃下。谈虎道：

“恭喜恭喜！你们果然得手而回。”

启凡道：

“喀什伦的骑马和盗马的本领果然不错，我跟了他去，觉得很有趣的。”

喀什伦便到里边去点了一支蜡烛出来，对他们说道：

“你们来看看。”

他在烛光之下指着第一匹浑身毛色如烂银白雪一般的说道：

“这就是名马追风逐日了。”

大家走近去，细细一看，果然千里之马，与众不同。喀什伦又指着背后的两匹马，一头毛色红如胭脂，一头身上有青点子的，又说道：

“那是桃花马和青鬃马，也是名贵的坐骑。那姓洪的马棚中只有这三匹最为出色，所以我把它们一齐带来，你们可以都有坐骑了。”

四人齐向喀什伦道谢。喀什伦遂把马牵到自己马厩中去，然后和谈虎等回至里面，大家坐下。喀什伦很得意地说道：

“此番盗马可称顺手，因为那边看守的人很多，居然被我偷偷地牵出来。后来虽然发觉了，他们追在后面放枪，幸喜我二人安然无恙，我也回击了两枪，大概射中的，所以他们没有追了。那姓洪的失去了那匹宝贵的追风逐日，一定不肯甘休，也许他们要疑心到我去盗取的，好在你们明天可以坐了就走，他们便无从寻找了。”

于是，谈虎等也不想睡眠，大家坐着，谈谈说说，等到天明。喀什伦的妻子又送上几杯羊酪和一大块羊肉，请大家吃。谈虎吃毕，见红日业已升起，便道：

“时候不早了，我们快走吧！”

于是大家向喀什伦谢别。喀什伦送出门外，牵过那追风逐日等名马，以及自己的玉狮子，说道：

“我这匹玉狮子敬赠予南宫兄，那匹追风逐日既然是启凡兄和我一起去盗来的，便请启凡兄坐了，还有那两匹可请二位代步。”

南宫长霸道：

“你代我们找得坐骑，已令人感射不浅，怎好还受你的玉狮子呢?”

喀什伦带着庄严的容貌，向他们说道：

“你们此番去投义勇军，挥戈抗日，为国尽忠，大丈夫处此外辱紧急的时候，理该如此，我非常敬服，尤其对于陈、朱二位先生特别钦佩。因为我一向听得江南的人风流文弱，在那里吃得好，穿得好，娶的大姑娘又好，他们只知道花天酒地，寻欢作乐，所谓上有天堂，下有苏杭，和我们穷荒的边壤大不相同。所以许多青年沉醉在声色之中，晏安嬉戏，盘乐颓放，难得有人肯出来牺牲自己为国家出力的。我又听得长江一带的许多大学校都组织义勇军，请缨讨日，但是只听楼梯响，不见人下来，使我的肚皮气闷得很。难得陈、朱二先生这样俊美的少年，抛弃了富有的家园，竟出关来荷戈杀敌，使我的心里大大激励，但愿你们此去多杀一个倭奴，虽死也值得了。人生总有一死，与其闷闷死在家里，何如死在沙场来得爽快？我虽是个蒙人，却也是中华民国的一分子。日人觊觎满蒙已非一日，他们夺了东三省，见我们不抵抗，必然又要来侵略热河，热河早晚必受兵祸，无可幸免。所以我暗中正在联络许多爱国的蒙人，想要组织一队抗日保热的义勇军骑兵队，将来也许要和你们一起杀贼的啊!”

四人听了他的话，心中感动，不觉流下泪来。南宫长霸握着他的手说道：

“你是一位爱国健儿，愿你将来成功！我们接受你的盛情，就此去了。”

四人遂跨上名马，带着行囊，和喀什伦点点头，跃马而去。偶然回头一望，却见喀什伦兀自立在晨风朝阳之中，目送着他们远行呢！

四人别离了喀什伦，一路度山涉水，兼程进发。行了好多天，已绕至吉境，那时满人熙洽已投降了日军，长春吉林一带所有吉西的地方，都归入了日军势力范围以内，所以谈虎叮嘱朱彦等，路上须要格外当心，说不定要遇到检查。幸亏谈虎和南宫长霸二人对于吉省地势详细熟悉，因此迂回了许多道路，只拣冷僻处走。途中又闻得马占山将军孤军无援，被敌人大军压迫，不得已退出齐齐哈尔，到海伦去了。四人闻得那个可痛的消息，十分痛惜。谈虎说道：

“马将军独自支持了这许多日子，无非要外听国联的仲裁，内望政府之救援，不顾成败利钝，和强大的日军喋血鏖战。不料内外绝望，岂不可痛之至？我们义勇军也是这个样子的。”

启凡接着说道：

“一旅兴夏，三户亡秦，前途是谁也不能料得到的。我们只要能够不惜牺牲，多少总有些成绩吧！假使政府疲懦怯弱，情愿亡国，竟置东省于不顾，只要东省人民大家起来，组织义勇军，一致抗日，拼着与城俱存、与城俱亡的决心，不使敌人有机会得以悉心经营，那么日人若要完全剿灭东三省的义军，至少须有五年工夫，而且也非有极大的牺牲不能成功。但是国际风云瞬息变化，若美若俄，都是他们的劲敌，恐怕也不能甘心坐视他们鲸吞而去吧！他们的前途也有非常的危险呢！所以，他们的币原首相曾说过，此时而以武力取东三省，无异吞一炸弹。日本的政治家的阴谋很深，他想要不费吹灰之力稳取荆州，面面顾到，只占便宜不吃亏，但是他们的军阀好大喜功，野心勃发，久有问鼎之意，所以不顾什么，悍然发难，并且要把国外的战事去消灭自己的难关。然而天下岂有称心如意的事？他们要夺我们的土地，我们虽然敌不过他们，可是我们总不能平白地让他安然占去，只要和他扭住不放，看他到底可能塌得便宜货！”

谈虎等听了启凡的说话，不觉壮了不少勇气。行行重行行，一天，已走到丛山之中，那边村落稀少，又经日军蹂躏过，所以人民早已逃徙一空，更觉荒凉。他们走了一天的路，没有遇见一个人，也没有一处可以买饭充饥，身边带的干粮又早已吃完，饥肠雷鸣，十分难熬。更加着朔风凛冽，堕指裂肤，他们身上虽穿着皮衣，头上戴着皮帽子，但是总觉严寒难当，没有一处可以去烘一刻火。又饥又冷，在荒野的山路中策着马向前赶奔，天寒日暮，山色渐暝。正愁无处投宿，遥见前面山坳里有四五家人家，谈虎将马鞭指着道：

“好了，那边正有人家，我们可以向他们商量，假宿一宵了。”

四人催动坐骑，赶到那边，只叫得一声苦。原来家家大门紧闭，都没有人在内居住。谈虎道：

“这些乡民大概都受过日人的蹂躏，逃到别处去了，你们不看见有些墙壁业已坍倒吗？”

南宫长霸道：

“既有屋子，我们不管有无人居，不妨打开了门户进去，度过一宵再说。”

于是大家跳下马来，谈虎见第三家的后户却一半儿开着，连忙说道：

“这里面恐怕还有人住着吧！”

朱彦咳了一声，刚要进去，忽然门里蹿出一头东西来，把朱彦吓了一跳，急忙将身子闪避过去，定睛一看，乃是一头狞犬。一对凶恶的眼睛，红而可怕，张开了嘴，露出了巉巉的长牙，好似要择人而噬的样子。南宫长霸立刻拔出那柄环龙宝刀，走上前来。此时，那狞犬已扑到启凡身前，启凡见来势凶猛，赶紧向左一跃，避过了这一扑，掏出手枪，正要开放，恰巧南宫长霸挺着宝刀，和那狞犬迎个正着，大喝一声，一刀正刺中狞犬的胸腹。那狞犬狂叫了一声，倒地而死。朱彦道：

“不料这门内却藏着这样东西，难道屋中无人吗？”

南宫长霸道：

“我们可进去探视一下。”

说罢，握着宝刀，当先步入。谈虎早把四头坐骑拴在树上，四人一同走进去。南宫长霸脚下忽然踏着一物，险些滑跌一跤，立定身子，向地上仔细一看，原来是一条残余的人腿，不觉失声道：

“呀！你们来看，这不是人腿吗？”

大家低下头去，看见那腿还绑着绿色的绑腿布，血迹淋漓，绑腿布已被咬得七穿八洞了。谈虎道：

“这是军人的腿啊！真奇怪，说不定里面有死人呢！”

四人壮着胆走进屋子，四下里细细察看，看见那边横倒着三个死尸，屋子里很是黑暗，所以瞧不清楚，但是尸旁雪亮的刺刀却闪闪生光。四人又走至里面，找到几支蜡烛，就点亮了，到死尸那边去一看。原来是三个日本的兵士，断臂折腿，一半儿已经腐烂，大约已死了好多时日，方才明白适间那头狞犬是来吃死人的。大家不觉掩着鼻子，非常疑讶，左边有一个房，四人掀起门帘，照着蜡烛，走进房去，却见炕上又横着一个死尸，烛光下看起来时，乃是一个老翁，是吉林的土著。四人不知怎么一回事，又见在那老翁的枕边，安放着一个折叠的纸束。朱彦取过展开一看，笔迹歪斜，很是难辨，上面写着道：

余之一家尽为日人所害，因此余与倭奴势不两立。盖余之长子前在田中收割时，被日机掷弹炸毙，已足使七旬老父伤心惨目，不胜悲痛，孰知日军又来蹂躏此间村落，铁蹄过处，闾阎为墟。余次子及孙儿俱被日兵掳去，死生莫卜，而余之两媳又被日兵奸污而死，投之河中，尸骨无存。灭门之祸，不意余将死之身亲自见之，亲自受之，其残酷为何如？纵令余一人独活，经此惨变，亦有何趣味留恋于此残暴无人道之世界乎？

天诱其衷，畀余以复仇之机会，适有三日兵盘踞余屋不去，向余需索饮食，余却煮粥一瓯，中置毒药，与日兵共食，所以使其不疑也。日兵饱食后，余知死神即将降临，遂入房草此书以告世人，余即睡而待毙，愿与彼倭奴同归于尽。盖余已拼一死，反幸余计得售。

余今至地下，与余之家人可以仍得相叙，而告彼辈以复仇之事也。

嗟夫！余家已矣！倭奴之毒焰日炽，恐我同胞被其残害者将有增而无减也，不抵抗之为祸甚矣哉！余愿国人皆能立志牺牲生命，与倭奴力抗，勿再延颈受戮，则若得杀一日人而死，亦足相抵，尚不失痛快之事也！

四人读罢这纸柬，遂知那老翁所受的惨祸，不胜悲痛，又很敬佩他以年老之身而有这样杀敌的胆量，很是难得。在关内的同胞，处堂燕雀，自耽安乐，哪里瞧得到关外人民一幕一幕的惨象，而使他们有切肤之痛呢？大家叹了一口气，觉得这屋子里有了许多死尸，不能在此宿夜了，遂照着蜡烛，走出门来，打开了隔壁一家人家的门，走得进去。里面什物倒还整齐，也是一个农家，谈虎到厨下找得有半瓮小米和一包咸萝卜干，遂说道：

"有这两样东西，也可以充饥了，我来煮粥吧！"

朱彦道：

"偏劳你了。"

三人遂走出厨房，到一间房里坐着，觉得寒风敲窗，更加冷了。南宫长霸寻来寻去，寻得一些炭和木片，遂取到房中，生起火来，三人烘着火，方觉略有暖意。启凡立起身来，好像想着一件事，奔到厨下，找得一些草料，带出去喂给那四头坐骑，又把行李带到屋子里，安放在一边。隔了一刻，谈虎早将小米粥煮好，端将出来，又把咸萝卜干切了一块，放在一只盘子里。大家坐着吃粥，觉得粥味真好，大有滹沱河边麦饭果腹之慨。不消一刻，把一瓯粥吃得精光。四人又坐着谈了一会儿，遂在房中炕上权宿一宵。

次日起身，又到厨房里煮了一些粥，吃罢，然后一齐动身，离开了这个坟墓也似的村落。越过一重山岭，方才到得一个李家集，到饭店中去吃了一个饱，又把坐骑喂饱了，购置一些干粮，然后再向前赶路。

走了许多日子，方才到得绥芬。那时，绥芬已为日军所得，四人从冷僻的山径中兜到狮子峪，以前便是钟克毅义勇军驻扎之处。谈虎远远指着峪口道：

“我们只要再越过一个山峰便到了。”

大家瞧那狮子峪的形势，十分雄壮，那峪口正像一只狮子，张开着口要吞人的样子。忽然朱彦将望远镜对着右边一个岭上，凝视了一会儿，回头对三人说道：

“你们来瞧，那边是不是敌人的炮队？”

三人都举起望远镜，细细看时，见那边岭上果然有一堆日军，架起大炮，十分忙碌，好像在那里布置炮位的样子。谈虎看了，说声：

“不好！那边正是莲花岭，十分高峻，可以俯瞰峪中，日兵必然在那里安置炮位，预备轰击狮子峪了。我们快些前去报信，好使峪中早想防御之法。”

于是，四人偷偷地跑路，越过山岭，路渐平坦，为日兵视线所不及。因为那边树木众多，可以遮蔽，遂加上一鞭，疾驰而前。忽听对面林子里砰的一声，一颗枪弹向这里射来，唰地从启凡头上飞过，把启凡吓了一跳。欲知后事如何，请俟下回再写。

评：

喀什伦足以代表爱国之蒙人，所言颇能激动人心，但谁知热河之果为日人侵吞哉！不知此好男儿亦曾挥戈抗日否？令人可念。

山坳荒野，写一被劫难之人家，如有鬼气，读人悚然，而老人之用计杀敌，牺牲一身，尤为可敬。老人遗函可作爱国文字读。

将入狮子峪，先见莲花岭，所以为下回伏线，末后一弹射至，又故作惊人之笔。

第八回

奇兵夜袭初立战功
铁骑南来同创倭寇

四人赶紧把坐骑勒住，但见林子里闪出两个人来，手里各擎着快枪，对准他们喝道：

“速止，你们从哪儿来的？”

谈虎便将双手举起道：

“我们是到峪里来的，你们可认识我吗？”

二人听了谈虎的声音，内中有一个是钟克毅旧时的部下，认得谈虎便是中校参谋，便把枪放下说道：

“原来是谈参谋，好多时候不见了，往哪儿去的？”

谈虎答道：

“我奉钟司令的命令，派我做代表到关内去接洽一切的，现在带了三位同志一起回来。你们和那些倭奴杀得好不辛苦，钟司令可在峪中？”

那人答道：

“在峪里。”

谈虎点点头，遂同朱彦等一齐缓辔过去。后凡见义勇军穿着绿色的军装，很有精神，不过身上单薄一些。四人走进峪中，一路都有义勇军的步哨，有些也向他们盘问，谈虎一一对答明白，且问司令部在哪里，哨兵指点着途径，一路走去。

峪中乃是一片大平原，树木茂盛，田亩纵横，四面高山围着，是个绝妙的屯军所在。四人来到一处丛树背后，有一带短屋，门口也有两个步哨，荷枪鹄立，门上贴着一张白纸条，大书“司令部”三字。谈虎说道：

“到了。”

于是一齐下马。两个步哨本是钟克毅的卫队，和谈虎认识的，见了谈虎，便举枪行礼。谈虎便问钟司令可在部里，一个步哨回答道：

“钟司令刚巡视回来，正在里边休息。”

谈虎说道：

“好！我们前去见他。”

便将坐骑和行李交托步哨，步哨唤过两个勤务兵，吩咐一个代他们掮着行李进去，一个把马匹牵去上料。谈虎遂伴着三人往里面走去。那屋子外面虽然低矮，里面却很宽广，庭宇畅洁，有几个卫队在那里练习劈刺之术。早有一个走上前来行过礼，领导他们，曲曲折折走到钟克毅的办公处去。原来是在一个小小花园之中，南首围着许多花木的一个书轩，便是钟克毅的办公室了。四人走到轩中，见那轩很是广大，中间把木板夹成两小间，外面的算是办公的地方，放着一张书桌，桌上纸笔乱横，堆积着许多公文和军用地图。旁边有一只小小火炉，燃着炭，火光熊熊，却有些暖意。钟克毅正在里面一间炕上睡息，听得外面声音，便从里面跑出来。谈虎连忙立正行礼，叫了一声“钟司令”，钟克毅一见谈虎，面上露出笑容，走前一步，和他握手说道：

“老谈，你这番辛苦了。”

谈虎答道：

“幸不辱命，此行向南中人士接洽，许多同胞都能明晰义勇军的苦志和患难的地方，大家表示着愿意在饷械上想法补助。我曾捐募到七八万元的军饷，此刻带了小一半前来，其余的已托人想法代为转汇到来了。还有三位同志，情愿跟我来，一同在部下效力，去杀倭贼。”

遂代启凡等三人介绍和钟克毅相见。钟克毅见启凡、朱彦都是青年后生，虽是江南人，而眉宇之间英爽可喜，南宫长霸虎背熊腰，不愧是个壮士，所以向他们称赞了几句。启凡见钟克毅身躯很长，全身军装，态度严肃，面貌虽然微瘦，而双瞳奕奕有神，像是个干练而有忍耐性的将士，遂对钟克毅申述他们从军的志向和敬佩钟克毅挥戈抗日的热忱。大家虽然初次见面，却很是谈得投契，钟克毅便对谈虎说道：

“老谈，自从你走后，我们曾向日兵袭击数次，都能小小得利，且有一次截获得不少辎重，好似天赐予我们的。后来，日军把我们恨透了，集合了大队人马，和投降的逆军，一心想来扑灭我们这一路的义勇军。我们幸能上下一致，抱着必死之心和他们血战了好几次，支持了很多的日子。可是总因为兵力薄弱，饷械两缺，不得不暂时退走。他们挟着飞机大炮的声势，一步步地向我们压迫。前月我亲自统率部下，在红螺集和他们鏖战一阵，初时我们尚有胜利，后来他们来了许多飞机，向我们实施轰炸，又有七八辆坦克军，竟向我军冲锋。我见部下虽然肯出死力肉搏，无如牺牲得太多了，只得下令撤退，不得已，退守这个狮子峪，以图再举。不料他们一不做二不休，追到这里，把我们围困在峪中，想要断绝我们的接济，待我自毙。峪中虽然对于粮食方面足可支持三四个月，但是军火大大缺乏，别的东西也没有供给，只是我们大大忧虑的，这狮子峪形势很佳，他们攻了二三次，都不能占得一些便宜，步军遂停止攻击了。又派他们的空军飞到峪中来轰炸，我们又没得高射炮，不能防御天空，被他们轰炸了数回。后来，我想得一个方法，因为在我的部下曾有许多本地的猎户前来投效，他们射击的功夫很精，敌人的飞机到我们峪中来，必要取道峪前的摩云峰里，摩云峰十分高峻，四面都看得到，飞机经过，必然很低，我遂挑选了十数个，潜伏在岭上，等到敌机飞过的时候，向上射击。这个计划安排以后，一天，又有四架敌机飞来掷弹，众猎户在峰上一齐向空射击，他们因要投弹，所以飞到很低，并且也没防到这一着，竟被我们射中了一架，立刻坠下地来。飞机跌得粉碎，机中三个倭奴也跌得半死不活的，后来他们就不来了。难得有一二架前来，却是他们的侦察机，飞行得很高，只是在天空中盘旋着，侦探我们的动静，并不掷弹。现在差不多有一个星期不见他们的动静，我正要想如何去冲破他们的阵线，好使我们解围，难得你回来了，我们且想想看。”

谈虎道：

“我正有一事要禀告司令。因为我们从间道来此的时候，曾见在莲花岭上有许多日兵在那里布置炮位，恐怕他们要施行炮攻的计略，司令可曾知道？”

钟克毅听了谈虎的话，面上微露惊容，把足一顿道：

“这个我却不知。那莲花岭居高临下，可以俯瞰峪中，我本来要想派队伍在那里守御，只因分不出兵了，所以作罢。他们却利用着那岭，要用大炮来轰击峪中，这倒是很危险的，幸亏给你们窥见。我马上就要去袭击他的，不使他们立定脚步才好。”

启凡便慨然说道：

“我想最好在夜间潜往那里，出其不意，杀他一个落花流水。我们三人新到这里，尚无寸功，此次愿效前躯，虽死不恨。”

钟克毅微笑道：

“三位既肯出力，这是最好的事。我的部下共有三团，第三团大半都是别处来投效的志士，团长姓苏名阳，在他手下有三营义勇军，我就请三位到他部下可好？”

启凡、朱彦、南宫长霸一齐说道：

“愿听司令调遣。”

钟克毅点点头，遂将桌上的叫人铃按了一下，便有一个勤务兵走进室中，立正了，对钟克毅行了一个军礼。钟克毅遂吩咐他道：

“你快到峪后去请苏团长前来会话，因有机密的事，火速火速！”

那勤务兵答应一个“是”字，不敢怠慢，立刻回身出去。这里钟克毅又问些关内的情形，政府和人民对于倭奴的武力侵略究竟可想什么方法去对付，关外的失地可想收复。启凡不忍将政府泄沓、人民酣嬉的情形告诉他，恐怕要使他灰志士之心，短豪杰之气，只讲些大略，又说：

“国内经济恐慌，达于极点，一班小民铤而走险，适足以增长赤焰。”

钟克毅也说：

“义勇军一则缺乏饷械，二则不能彼此联络，断难和敌人的坚甲利兵长久支持。现在只得取游击的方式，乘其不备，施以截击，可不能和他的大队人马正式对垒。所希望的，政府能派强有力的军队，出关来收复失地，义勇军便好四面呼应，捣乱敌军的后防，切断敌军的联络，使他们有后顾之忧，就不难取胜。”

启凡、朱彦等听了钟克毅的说话，暗想：政府只是喊着“长期抵抗、收复失地”的口号，却没有勇气去实行，自己里面的政局正在酝酿着，恐将有大大的变动，内病未清，何能扫除外面的邪魔呢？不觉微微叹了口气。

此时，听得外面革履声，一个英武的伟男子，全身军装，走进室中，立正了，先对钟克毅行了个军礼，说道：

“司令呼唤，不知有何命令？”

钟克毅便代他们介绍相见，因为苏阳是新来的义勇军，屡立战功，升了团长。谈虎出去了多时，所以也不相识了。介绍之后，钟克毅就正色对苏阳说道：

“我要辛苦你出去走一趟了，因为那位谈参谋方从外边回来，眼见莲花岭上有敌人在那里布置炮位，他们占据了这个岭子，想用炮轰击。我想乘他们没有布置舒齐的时候，便在今夜，请苏团长抽调两营步兵前往那里袭击，务必将他们击退，望你的部下努力一些。”

苏阳答应一声“是”，钟克毅又指着启凡等三人说道：

“这三位是从关内到此投效我军，我就派他们归入你的部下可好？”

苏阳连忙答道：

“很好很好。”

钟克毅遂又将桌上的军用地图取过来，和苏阳等一同展阅，指点机密文书及命令给他。隔了一歇，苏阳告退，启凡等便辞别钟克毅，跟着同去。谈虎因为他们初到这里，不谙情形，所以也伴他们同去，把行李、马匹一齐送往。

那苏阳的第三团团部便设在后面，离此不远，众人到了团部里，苏阳又和他们谈了一刻话，便派启凡为第三营第三连连附，朱彦为第二营第三连的排长，南宫长霸为第二营第二连中的排长，因为恰有相当的空缺，所以把他们填补上去。谈虎见苏阳已把三人安排好，便和三人握手告别，说一声“为国努力，克奏胜利”，自回司令部去。

苏阳把他们派开之后，便下令部下第二营、第三营在晚上六点钟聚集听令，恰巧三人都在其中，三人十分兴奋，想今夜将有一番剧战，要多杀几个倭奴才好。晚餐是很早的，四点钟时已吃过，因为他们每天只吃二餐，早上十时，下午四时，其他时候便没得吃了。启凡等把行李安置好，见了连长，领到绿色的军衣和枪械，一齐穿上，等候号令。

到六点钟的时候，天色已渐渐黑暗，北风吹得很紧，十分寒冷。两营义勇军早已齐集在峪中一片空地上。苏阳跨着一匹黑马，佩了指挥刀，徐徐来到场中，对部下训话，很慷慨地说道：

“弟兄们听着，我们被困在这个峪中，也有一个多月了，战亦死，不战亦死，与其坐而待亡，不如出而杀敌，倘能把倭奴逐走，我们便有生路，所以今夜便是你们努力杀敌的最好机会了。因为莲花岭上已到了敌人的炮兵，他们要想把大炮来轰毁我们的狮子峪，这是何等的狠毒？我们因此要乘他们没有布置好的时候前去痛击。钟司令已下令叫我们两营弟兄前去立功，你们都是情愿杀敌的，日本人把我们的土地夺去，把我们的同胞杀戮，把我们的田地房屋毁坏，把我们的金银财宝掠夺，他们要灭亡我们，使我们东三省的人民一齐做他们的亡国奴，不但如此，还要灭亡我们的祖国。这样深仇大恨，和他们势不两立。今夜众弟兄有进无退，快快用力杀敌，方是爱国健儿。”

苏阳说完了这话，大家瞋目喊道：

“杀杀杀！杀尽倭奴！”

启凡等也觉得同仇敌忾，拼掷这颗头颅了。于是一声令下，两营义勇军从间道兜向莲花岭而去。

天色已黑了，呼呼的狂风刮得林木一片声响，大众衔枚疾走，在那崎岖的山路中蛇伏而行，大家静静的不发一言。走过了好几里山路，见前边黑影高耸，如巨无霸矗立天空一般的，便是那个莲花岭了。岭上虽有一营日兵，但是他们也潜伏着，恐防被峪中人窥见，所以也不放步哨，也不用探海灯照看，他们已将大炮偷偷运来，忙着布置，预料这夜里可以舒齐，明日清晨便可开炮，瞄准峪中轰射，把狮子峪猛烈地破坏一下，捣毁义勇军的大本营，使他们无险可守，不难消灭。哪知天诱其衷，被谈虎等无意窥破，夜间就有这支兵突如其来地向他们袭击了。

启凡等还是第一次上战场，听得自己这边的足声，好似他们都赶向一个可怕的地方去拼性命，而凶恶的日兵又似乎架着大炮机关枪，磨牙吮血，杀人如麻地等候着他们，心中起初未免有无异样，可是一念到国难当头，敌人残虐，马上就鼓起一团勇气，把生死置之度外，很热烈地去杀敌人了。

不多时，将近岭下，苏阳忽然下令，叫第二营散开，分为三个队伍，一齐疏散着，冲上莲花岭，到岭的半腰，便向上面开放一排枪，然后大家紧紧伏在地上，不许行动，也不许再开枪，等待号令，再杀上岭去。又命第三营赶紧抄向岭的背后，听到这里枪发以后，快快冲上岭子，夺他们的炮位。大家听着命令，分头进行，第二营悄悄奔到岭腰，便向岭上砰砰砰地放了一排枪，大家立刻睡倒在地，有的伏在草间，有的匿在石后，动也不动了。岭上的日兵听到这一排枪声，正是出其不意，攻其无备，大家有些惊慌，立刻把机关枪向下扫射，突突突的，枪弹如连珠般飞出，可是听得岭下却不再有枪声了，好不疑惑，但在那黑暗的夜间，不知岭下有多少义勇军来攻打，为什么放了一排枪却不响了。他们知道义勇军神出鬼没，不能轻忽，依旧把机关枪对着下面施放，可是无目的地乱放，一颗枪弹也打不着义勇军。而义勇军第二营已从岭后突然冲上，大呼杀贼，雪亮的刺刀一齐刺过来。又有许多手榴弹掷向日兵那里，日兵仓促应战，但是义勇军已是逼近，大炮固然不能开放，就是机关枪也无用武之地，发不出它的威风，大家只有肉搏。

苏阳听见敌人的机关枪忽然停止，料想自己的队伍已到岭上了，遂下令第二营快些冲上岭去。大家听得号令，一齐跳起，虎跃一般，冲上莲花岭。日兵前后夹攻，且又人少，所以混战一阵，大半都死在义勇军手里，有十几个早做了俘虏，许多大炮机关枪都被义勇军夺得。

苏阳得胜以后，便命人到峪中去通报钟克毅，说他们已在夜间十二时许把敌军一营完全歼灭，夺得大炮九尊、机关枪八九架、子弹一万发，请司令指示机略。钟克毅得到这个好消息，十分快活，便和谈虎商量，好乘此时一鼓作气，出去驱逐敌队。立刻便派一连炮兵，到莲花岭去协助苏阳，在明早可由莲花岭那里，就用敌人的大炮，掩护苏阳的两营义勇军，向敌人左面阵地进攻。自己便下令把守峪口的第一团，在清早一齐改守为攻，向敌军冲杀，自己又率领第二团在后策应。

苏阳在莲花岭上点检部伍，见第三营死伤略多，第三连的连长已阵亡，便命启凡升了连长，把受伤的弟兄连夜送回去，又接到钟克毅的命令，和一连炮兵前来，心中甚喜。原来那一连炮兵，其中都是好手，有几个是日本留学生，有几个是德国留学生，连长林振声很懂炮术，都是凭着自己的志愿投入义勇军的，只可惜军中缺乏精良的大炮，无所施其技罢了。现在得到这许多大炮，好像窭人子骤获宝藏一般，十分起劲，一齐把炮位掉转，布置一切，预备天明时便好向敌人放炮，就把他们自己的东西来孝敬他们了。到得东方发白的时候，苏阳便令第二营留下一连步兵在岭上相助，又令第二营为左翼，第三营为右翼，从岭上杀下去，猛攻日军的左翼。只是敌人也已知道他们的炮兵在莲花岭上被敌包围消灭的事，所以便有一营日军在拂晓时向岭上进攻。两下在半途相遇，大家开起枪来，岭上的炮兵放起大炮，声如雷鸣，一炮一炮地向日兵阵地轰去。义勇军得着自己炮火的掩护，一声令下，个个插上刺刀，向前冲锋。

启凡的一连正打前面，他听得炮弹呼呼呼地从头上飞过，直打到日兵阵地中去，炸裂起来。但见木石乱飞，尘土直冲，有几炮放得很准，早把日兵打得立脚不住，但是他们的机关枪还是突突突地放个不住。启凡一手握着指挥刀，一手执着手枪，忘记了生命的危险，只知道向前冲，向前杀，终有生路。大家都似饿狮馋狼一般向他的目的物猛扑，有六七个义勇军，手里都握着手榴弹，跟了启凡，冲到日兵阵地，把手榴弹如掷铁球一般向前抛去，有几个日兵都被炸死，可是他们依然抵死顽抗。两军接触已近，拼死肉搏，义勇军个个决死，人人勇敢，炮声已停止了，两边血战一阵，日兵抵挡不住，死伤大半，向后退去。苏阳便令部下向前追杀，好把敌人驱逐出去。

其时，正面双方也在交绥，义勇军从峪中冲出，便有一营日兵和两营逆军迎头痛击，义勇军几次冲锋，死伤了不少，总是冲不到日兵的阵地，正在相持之间，苏阳的两营义勇军已从左面抄到，枪声大作，败退的日军向自己那面报知消息。日军的司令卜吉忙分一连日兵和一营逆军带了机关枪向左边抵挡，但是军心已馁，义勇军勇气百倍，努力前冲，所以逆军先自纷乱，日军在后把机关枪不停地开放，阻止逆军后退，逆军进退狼狈，不死于义勇军炸弹之下，便死在日军的机枪之前。

这时候，忽然又起了几阵大风，吹得尘土蔽天，不知怎样的，忽然从南面杀来一队铁骑，足有三四百人，怒马奔腾，从日军阵地后面猛冲。这样敌人已是三面包围，一齐大乱。义勇军乘这机会，又向前冲锋。这三四百铁骑冲将过来，锐不可当，好似挟着排山倒海的势头，又似风卷残云一般，把日兵冲得七零八落。欲知后事如何，且俟下回再写。

评：

出关从军，至此方告一段落，略写狮子峪情形，处处都露抗日精神。夜攻莲花岭，击败倭寇，令人一快。

作者亦所以写启凡也，战阵无勇，呜呼可哉？

正在紧要关头，忽有铁骑一队，加入冲杀，又将日兵杀得大败。读至此，拍手称快。

此书每回结束时，终甚紧凑而不平易，作者之布局有法可见矣。

第九回

送秋波美人垂青眼
惊绝色侠士拒红粉

日军被这里的义勇军奋勇夹击，本来早已抵挡不住，现在后路又被这疾风骤雨似的骑兵一冲，当然要溃退了。

启凡等见日军败退，好不快活，一齐高声呐喊，上了刺刀，向前冲锋，手榴弹如雨点儿般抛向日人那边去。此时空中虽然有三架日机，可是在这混杀的时候，也不能向下掷弹。那骑兵早将日军和逆军冲成两截，当先一个骑兵队长，穿着灰色的义勇军制服，身躯雄伟，面貌英武，一手握着很长的马刀，一手拿着一支手枪，胯下一匹乌骓马，直冲而来。有两个日兵举着刺刀，一左一右，正要刺他的乌骓马，那队长猛喝一声，一刀扫去，早把一个日兵劈倒在地。那一个手中的刺刀已刺到马腹前，不知那乌骓马十分灵活，向前边倏地一蹿，跳出十数步，那日兵刺了空，队长扭转身躯，将手枪对准他疾放一枪，砰的一声，那日兵已饮弹而倒，队长杀了俩日兵，又向前冲去。部下个个奋勇争先，早把一营逆军围住缴械。

日兵司令卜吉连忙率领残众，分两路退去，义勇军既得全胜，也不穷赶，各自收军。第三团的团长苏阳早和那个骑兵队长相见，方知他是姓葛名人俊，是吉敦路南段新起的义勇军，因为闻得日兵久围狮子峪不去，所以特来援助。苏阳便向他道谢解围之力，葛人俊便要回去，苏阳坚请他要到狮子峪去一叙，葛人俊欣然允诺，吩咐部下暂在日兵遗弃的阵地那里扎下。

这里，狮子峪的义勇军第一团团长段友虎，率领两营步兵，一同驻在那边要道，听钟克毅的命令到后再行发落。苏阳也再从部下抽拨一连人回到莲花岭去，协助林振声守住这岭，自己带领部下，陪着葛人俊奏凯而回。

此时，钟克毅早已得到通报，便和谈虎跨着马，出峪来迎接，慰劳自己的部下。苏阳即介绍葛人俊上前相见，钟克毅见葛人俊单骑到来，英武之色溢于眉宇，便很诚恳地邀他到司令部去欢宴。葛人俊谢了，便跟着到得钟克毅的司令部里，大家坐定，苏阳先将自己部下杀敌的情形报告一遍，且夸奖启凡、朱彦等的勇敢。钟克毅大喜，便叫人快去把启凡、朱彦、南宫长霸等三人传唤前来，又令人去传唤第二团团长郝烈，一同到此陪宴。不多时，外面厅上已摆起两桌酒席，启凡等三人已一齐走来，见了钟克毅等，行过军礼，苏阳便代他们介绍和葛人俊相见，跟着郝烈也来了，于是钟克毅请大家入席坐定，敬过酒后，先谈些日军的情形。钟克毅便向葛人俊感谢相助之力，苏阳也极言葛人俊骑兵的勇猛无敌，钟克毅遂又向葛人俊问起他那里义勇军的情况。葛人俊酒已半酣，很直爽地一一奉告。

原来，葛人俊是千金寨人氏，那千金寨离此不过百里之遥，地方很是富饶，出产马匹很多，那边的人民大都喜欢驰马试剑，擅控纵之技。葛人俊早失父母，家产甚富，自幼性喜任侠，刺枪弄棒，和塞中少年练武角技，是个游侠儿。他还有个哥哥名唤人豪，却善亿中之才，一向在长春经营商业，家眷也搬到那里去居住，岁时回来相叙一次，弟兄二人很是和好。葛人俊尚没有娶妻，因为他生性不喜女色，常对人说道，匈奴未灭，何以家为？大丈夫际此乱离的时候，应该着祖生之鞭，挥鲁阳之戈，出来建功立业，大之为国干城，小则保卫桑梓，总要轰轰烈烈地去干他一场，流芳百世，方不负天生我七尺之躯。至于那妇人女子之事，伐性腐肠，鸩心短气，岂我辈好男儿可以沉溺在其中的呢？但是寨中有许多女子都羡慕于他，愿侍奉他的巾栉，很有人到他家中去做媒，他都峻词拒绝，所以里中有谣道："东家女子美貌，西家女子多情，谁能动得葛人俊？有能动得葛人俊的心，便算天下绝世的美人。美人纵然称绝世，也难动得个郎心！"可见葛人俊对于女色是怎样不近的了。但是，天下竟有巧事。

有一天，他到外祖家里去拜寿，因为他的外祖父七旬大庆，其时男女宾客满室盈门，大家见葛人俊到来，都是十分恭敬，夜间又有演剧，是请的著名江湖班，大家又让葛人俊坐在前面正中观剧。恰巧台上演的《鸿鸾禧》，葛人俊不惯看这种儿女子谈情的花衫戏，低着头沉沉欲睡，台上演至《棒打薄情郎》，观客一齐哗笑，把他的瞌睡惊醒，抬起头来，四下一看，无意中却见西面女宾席中有一个绿衣的少女，眉目娟秀，容光焕发，正对着他凝视，一双曼妙的眼波，盈盈如秋水一般，直射到他的脸上，确乎有勾魂摄魄的魔力。等到葛人俊去注意看伊的时候，伊的杏眼却又回过去了。葛人俊觉得那女子的一双眼睛，妖媚得无以复加了，这样偏偏对他紧瞧着呢，好不奇怪！但是他不比寻常好色之徒，所以也不再去看伊了。

此时，台上的《鸿鸾禧》已做毕，锣鼓打得震耳欲聋，盖四省的《十一郎大战青面虎》上场了，那盖四省是这班子里著名的短打勇猛武生，因为他们专走关外三省，以及直隶一带，所以有这盖四省之名。这一出《白水滩》的全武行，是他的拿手好戏，饰青面虎的也是有名的武花脸李二逵。当青面虎出场的时候，吼叫如雷，扮相雄武，俨然是个江洋大盗，把葛人俊的精神顿时提起，只向着台上观看。等到盖四省的十一郎登台，彩声如雷，盖四省的扮相果然英俊，说白清朗，足够代表十一郎的个性，而且武艺很好，当他使弄那支杆棒时，上下翻飞，不见人影，看客都观得目眩神移。葛人俊连连叫好，《大战青面虎》的时候，也能奋发神勇，如生龙活虎一般，青面虎连翻筋斗到二十余个，看得葛人俊非常满意。这出戏精神饱满，十分紧凑，葛人俊两只眼睛始终尽瞧着台上，目不旁瞬。后来，《御碑亭》上场了，从紧张而到缓和，他不觉眼光转到四面，恰巧那个绿衣少女的眼波也飞到这里来。四目相对，成了一直线，见伊瞧了一眼，微微一笑，便低下头去。葛人俊暗想：那女子究是何人？瞧伊十分风骚，似乎有情于他，但不知我葛人俊并非拈花惹草之辈，伊未免看错了人了，我不要去看伊吧！不要被旁人冷眼瞧见了，说我口中虽然规矩，心里却不规矩的，于是学着道学先生正襟危坐，不再向西边去看了。

这夜完全演了通宵的戏，什么《吊金龟》啦，《四郎探母》啦，《长坂坡》啦，《新安驿》啦，《黄忠十三功》啦，葛人俊看了一个畅，因为乡间是难得有演剧的。次日又是设宴庆贺，余兴未尽，十分热闹，直到晚上，宾客始散，葛人俊也倦极欲眠。他的外祖父知道他性喜独睡，不许旁人惊吵，所以便在后花园中的旧雨轩里代他安排了床褥，请他去安睡。那地方十分清静，轩东有一座高高的假山，假山边便是一带短墙，墙外有一株大树，伸着一小半的巨枝，直到墙内假山上，不知是何处人家。葛人俊在墙下拉了一个小便，遂回到轩中，把灯挑亮，静坐了一刻，便展开被褥，到炕上去安睡。正在蒙眬入梦的当儿，忽听轩外有细碎的足声走到门前，他没有将轩门关闭上，暗想：此时有什么人来？明明是脚声，为什么在轩前停止呢？我闻得在这园中有狐仙的，莫不是有什么精怪？但是我都不怕的，遂跳下炕来，却见轩前长窗一启，灯光之下，见有一个绿衣女子，翩然踅进房来，细细一看，正是昨夜观剧时向他飞眼波的少女，即见伊悄然立在桌子一边，含情凝睇，默默无语。这么一来，倒使葛人俊格外惊奇起来了，自思：时已黄昏，又在这四下无人的花园之中，伊从何而来？为何而来？我却不可不慎重一些。于是便向少女问道：

“请问姑娘姓甚名谁？怎样到这个地方来？有何见教？”

这少女见葛人俊问伊，便向他嫣然一笑道：

“我就是西邻马家之人。先生是不是姓葛？”

说到“葛”字，又顿了一顿。葛人俊有些不耐，便说道：

“是的，我就姓葛，姑娘找我作甚？有话明天再可说的，瓜田李下，姑娘还请自重，免得有累我葛某的名誉。”

那少女听葛人俊说出这几句话义正词严，面色也绝不温和，凛然若不可犯，倒觉得进退两难，啼笑皆非，自思：我的容貌自信可以迷阳城而惑下蔡，此刻效着红拂夜奔，一意钟情于他，换了别人，正是求之不得，怎么他视若无睹，绝不动心？难道鲁男子重生吗？真合着那传说的谣了。不由面上飞起两朵红云，低着头不答。葛人俊想：我既无意于你，岂可和你这样相持下去？不如早请你走吧！遂又道：

“姑娘从哪里走来的？待我送姑娘回去。此事我绝不向人家泄露半句话，请姑娘放心。还有我须得向姑娘声明，我并非不爱姑娘，你也不用怨我。当知人兽关头，全在于此，男女结合，当先有父母之命、媒妁之言，岂可如此草率行事，自堕人格？姑娘你要笑我脑筋太陈旧了吗？”

说罢，冷笑一声。那少女依旧不响。葛人俊走近一步，又说道：

“我也不必多说，你该知道我的意思了。待我送姑娘回去吧！”

那少女见他再三催促，微微叹了口气说道：

“你要我走就走吧！”

于是掉转娇躯，走向轩外去。葛人俊跟将出来，见伊走上假山，原来那少女探得了葛人俊睡在轩中，情不自禁，竟冒着险借着那大树和假山做接脚，越墙而来的。葛人俊抬头见伊从树枝上爬过去，摇摇欲坠，不觉说一声“好险哪”，便三脚两步赶上假山，把少女挟住，从树枝上送伊过去。到得墙上，见下面倚着一梯，便把伊放在梯子上，轻轻说道：

“姑娘好好儿地去吧！”

那少女忽然回过脸来，眼中含着眼泪，牵着他的衣襟，低声说道：

“葛先生，我真佩服你的高尚的人格，能够使我从迷途上得到正路，十分感激。但我也不是卖淫的女子，乃是诗书人家的闺女，我也读过书，并无荡检逾闲的行为，只因我平时羡慕你的声名，这次难得遇见了你，使我这一颗心竟不能自持起来。所以蒙着大不韪，冒着大危险，到你这边来。现在我觉悟了，愧悔了，此后当格外勉励，不堕我的节操。请先生万万不可向他人提及我，我当终身感激。”

葛人俊听了伊的话，心里也大大感动，便发出一种很柔和的声音，对伊说道：

“我的可敬可爱的姑娘，愿你前途光明，今宵的事我绝不向人家说的。”

眼瞧着伊走下梯子，便回身跳下，重又走入轩中，关了窗户，到炕上去睡。暗想：那马家女子也不是外间一班的淫荡女子可比，伊竟学着红拂夜奔的故事，一心爱我，可惜我不是李靖一流人物，辜负了这红粉的知己。且喜我这样一来，能使她觉悟而愧悔，没有使伊堕落，却也未尝辜负了伊。大丈夫光明磊落，黑夜无异于白昼，仰不愧于天，俯不怍于人，这样我的心里也安乐了。想了一会儿，酣然睡去。

到了次日，他果然不把这事泄露出来，告辞了外祖父母等众人，径自回家。后来，九一八惨变发生，他得到了消息，十分愤恨日人的残暴无理，便在寨中筹备组织民团，预备以后可以抗日。当日军进占长春的时候，他的哥哥人豪夫妻俩都死在日人手里，家破人亡，只剩着一个幼子被一老家人救出险地，逃过故乡。葛人俊得到这个惨耗，手足情深，无限悲痛。国难家仇，交感心胸，更坚杀敌之志，闻得各处民众因政府不抵抗已把东省数千万人民置之不顾，所以不得不急起自卫，纷纷组织义勇军和那暴日力抗，于是他闻风兴起，尽倾他的家财，把千金寨的民团改成了义勇军，独树一帜，决心抗日。

在寨外筑起两座碉楼，掘了很深的壕沟，用来自防，在他的部下有骑兵，有步兵，有工兵，却以骑兵为主脑，共有五百铁骑，都是热心爱国的好男儿，十分精锐。他兼领了骑兵队长，朝夕训练，这次闻得狮子峪的义勇军被日人包围，势濒危殆，遂率领五百骑兵前来援救，来得正巧，内外夹攻，竟把傲慢的日军杀得大败而走。初出茅庐，便建奇功，所以席中要算葛人俊和启凡一样最为高兴了。

葛人俊闻得启凡等是从江南来的，遂向他们探问国中情形，启凡约略告诉一些，大家不胜叹息。钟克毅见葛人俊热心救国，英雄果敢，一心想和他联络，可收指臂之效，于是便告诉他自己想乘了这个得胜的时候赶紧要前去把以前失去的玉带山、红螺集等地方克复，然后再进攻绥芬，好和王德林的一路义勇军打成一片，以固声势，然后进可以攻，退可以守，便有立足之地了。所以，要葛人俊相助着一同进攻，因为钟克毅那边正缺少骑兵。葛人俊听了钟克毅的请求，一口答应，遂叫人到自己队中，着令一个护兵回千金寨去，交代明白，并吩咐寨中赶紧接济子弹粮秣。席散后，葛人俊便在峪中住宿一宵，钟克毅等忙着预备出兵的调遣。

到次日上午，部署已定，着令第二团驻守狮子峪本部，担任运输和接济的事情。苏阳的第三团担任正面的先锋，第一团段友虎率领两营步兵为右翼，请葛人俊和他部下骑兵担任左翼，自己带领第一团的一营步兵，以及工程辎重队等，在中路策应，又调莲花岭上的林振声的一连炮兵，随同出发。士饱马腾，声势甚盛，杀奔红螺集而来。欲知后事如何，请俟下回再写。

评：

义勇军之抗日也，自当彼此联络，作游击式之进攻，以收指臂之效。葛人俊突来解围，不愧明大义者。

此回补述葛人俊往事，无异为葛之小传也。

描写白水滩一段，有声有色。

写葛人俊拒绝奔女，妙在恰到好处，言语亦温和可听，此邻女之所以逡巡而退，不怨恨而自责也。暗中已救一将堕落之人矣！可爱哉！葛人俊也！

日兵既被逐走，钟克毅乃乘胜出师，收复红螺集，调兵遣将，有条不紊开下文大战地步。

第十回

月下动乡思惊心噩梦
河边献妙计敌忾同仇

苏阳率领部下，向前兼程进发，早近红螺集。前面正有一条很阔的河，桥梁一齐拆断，不能飞渡过去。在河的对岸，正有日军在那里掘壕坚守，便是卜吉退下的残余人马了。上流头的高阜，也有两营逆军驻扎着，互成犄角之势。苏阳的军队到了河边，自然不能过去，便扎下营寨，等候左右翼的接济兵到，再行设法渡河。启凡和朱彦、南宫长霸等到部下驻定时，三人带着望远镜，走到河边来审视形势。这河名唤大青河，河面很阔，流水汤汤，河边有两株大树。启凡和南宫长霸猱升上去，在树巅上将望远镜向对岸瞧了好久，然后走下，对朱彦说道：

“日兵便在对岸一二里地方筑有坚固的壕沟，工程方面当然非常巩固，非有骑兵前去冲锋，不能得到胜利的。”

朱彦道：

“我们虽有千金寨葛人俊的五百骑兵，但是隔着这大河，一时岂易渡过？况且日人炮火猛烈，我们渡河的时候，他们必要轰击，我军很受到压迫，势必要有重大的牺牲了。”

启凡道：

“正面作战，本是不可能的事，我们总须设法偷渡过去。”

南宫长霸仰首望着天际的闲云，慢慢地说道：

“我们且到上流那里去瞧一遭。”

朱彦、启凡都道很好，于是三个人一齐走到上流头来，见那河身渐渐狭小，且多迂回曲折，岸边树木成林，渡河较为便利，且有掩蔽，不过对岸高阜上有逆军驻守，被他们监视着，也不容易过去。南宫长霸把望远镜向对面瞧着，见高阜上竖着逆军的旗帜，隐隐有人马往来。三人偷看了一会儿，在暮色苍茫中，走回营来，见苏阳正和一个参谋立在营门口。三人上前行过礼，苏阳遂带笑向三人问道：

“你们上哪儿去的？”

启凡答道：

“禀团长，我们方才从大青河偷瞧形势回来。”

苏阳听了，眉头一皱，又说道：

“这大青河十分宽阔，日人凭险固守，我们一时难以飞越，时日若多，他们的援军一至，那就讨厌了。方才我叫人去搜觅船只，只是居民早已逃避一空，所有的船只全被敌人拘到对岸去了。”

启凡道：

“大青河的上流较易过渡，我们只要在夜间搭成浮桥，可以过去的。不过那里对岸也有逆军监视着，我想他们的战斗力比较日军当然薄弱的。我们若要渡河，非从那里着想不可，未知团长高见如何？”

苏阳点点头道：

“你说的话很合我心，但是我们一团的兵力还不济事，好在明天钟司令也要到了，我们且待将这情形报告过他后，再行定夺。”

于是启凡等也就退去。

启凡回到自己营中，休坐了一会儿，天色已黑，晚餐是早已用过了，遂熄灯而睡。启凡睡着，思想破敌之法，睡魔早已退避三舍，辗转不能成眠，遂爬起身来，悄悄地走出营门，见天空明月皎洁，远远地照到大青河边，夜色甚好，可是朔风凛冽，吹到身上皮肤起栗。生长在江南的人，到这大冷的地方来，更是难受，但是为着国家，却不能顾到此身了。他走了几步，立在一株树下，向东边的明月静静地瞧着，不由微吟着“举头望明月，低头思故乡”的两句古诗了。想起了他的妹妹，又想起陶亚美，以及自己在沪上的情形，触动了家乡之思。自己和她们离别后，到北平的时候，曾经发了两封信，不知她们接到我的北地来鸿，展读之后，要发生什么感想？估料她们也必然念念于我。可是此地已和故国隔绝，音书难通，两边不能知道消息了。未知何日能够还我河山，把那敌人驱逐出境？那时，我就可以回到家乡了。既而一想，敌人方用全力对我，其势不但夺我关东三省，且要进窥热河平津，达到他们并吞大陆的政策，我国人却如一盘散沙，糊里糊涂地苟延着岁月，厝火积薪之上，而不自觉那么胜败之数，无待蓍龟了。我的志向恐怕是梦呓呢，况且敌人炮火厉害，接济灵便，我们只靠着热血来抵敌，恐怕其势难以持久的。我的性命也不知何日牺牲呢！想到这里，愤恨不已。继思丈夫以身许国，今日虽马革裹尸，也无遗憾，我和朱彦等出关来投义勇军，为的是什么？杀身成仁，我之志也，但愿我们能够得胜，多杀几个敌人，使他们不能安然把东三省占去，将来说不定也许有光复的日子，那么，今日我们义勇军的任务是非常重要的了。所谓千钧系于一发，我们有了决心，或可从死中求活，我正该努力自励，何必自短其气呢？他一边想，一边走，在那月下踱了几个圈子，回到自己的营帐，重又拥衾而睡。

这一遭他竟睡着了，梦见自己正率领着一队步兵，在那月明之夜，从大青河边偷渡过去，但是偷度到未及一半，早被日军了见，火光一亮，便有一炮打来，接着炮声不断地向这边轰着，他觉得十分危险，想着兵家“置之死地而后生”的一句话，便指挥众健儿速渡，一霎时全渡过去，且喜没有被炮弹命中。他们都抱着必死之心，一些没有畏惧，向前冲锋，竟把敌人杀败一齐退去。他自己带领一连人尽向前走，忽闻山坡后鸾铃响处，有一个女子全身戎装，骑着马疾驰而来，定睛看时，正是他的妹妹启英，不由心中一呆，想她怎会来到此地的。启英也瞧见启凡，勒住马上前相见。启凡问伊如何到此，启英遂说：

“自从启凡等出关后，时常记念，想起同是国民，男女有甚分别？国家到了危亡的时候，都应该出力挽救。从前花木兰代父从军，在外十年，苦战漠北，卒能立功而回；又如沈云英、秦良玉辈，都能率领三军，努力杀贼，保得一方安宁；即如一九一四年欧战时，德意志的男子都开发到前敌去了，国中缺少壮丁，他们的女子有的做警察，有的做救护队，我们中国的女子难道只能在家吃饭吗？所以我和陶亚美下了决心，一同出关来，一则寻找你们，二则也想加入义军，千辛万苦，来到这里……”

启凡不等伊说完，便问道：

“那么密司陶呢？”

启英道：

“哎呀！我忘记告诉你了，方才我们途中遇见一小队溃退下来的日军，把我们二人拦住，我逃得快，方到这里，但是亚美不知怎样了。现在请你快快去救伊吧！”

启凡听说，连忙带领部下，向前追去。只见山坡后那边一株大树之下，有三五个日军正将陶亚美赤裸裸地绑在树上，轮流强奸。他见了，不由怒发冲冠，奔上前去，将手中刀向日军肉搏，不消片刻，那三五个日军都被这里的人搠倒在地。启凡过去看亚美时，可怜伊早已被日人糟蹋死了。启英也赶至，下马抱着亚美的遗骸，放声痛哭。启凡想起陶亚美以前对于自己的一番深情，也可算是红粉知己，想不到伊跋涉数千里赶到这里，死于万恶的日军之手，如此而死，料她也不瞑目，心中又气又恨。忽然对面炮声一响，有一个开花落地弹正落在自己面前，爆发起来，急忙喊声不好，张开双眼，原来是一场噩梦。细细思量，却又睡不着了。转瞬天已大明，也就披衣起身。

早饭后，刚要到团部来听令，忽然隔岸的日军竟用大炮向这边轰击，苏阳早已传令部下赶紧散开，不要回手，休要给敌人得到目标。于是启凡便和手下众健儿一齐散开，伏在地上，幸亏这边树木丛密，很有掩蔽。日军所放的炮并无目的，不过一种示威的作用，想把这里的义勇军轰得立脚不住，便不敢渡河了。

启凡听那炮声，起初时每隔十几分钟又发一炮，后来渐渐紧密，每隔五六分钟就有一炮了。轰得河岸上一处处都是很深的泥穴，有几处树木都被轰去，可见炮火的猛烈了。这样轰了足有半天光景，到下午时，炮声便寂然了。隔了良久，知道敌人已停止炮击了，于是这里便活动起来。恰巧左右翼也已赶到，钟司令也随后到了，分作三处，扎下了营寨。苏阳便到钟克毅那边，将情形报告一遍，钟克毅想了一想，对苏阳说道：

“明天晚上，我们可以分作三队渡河，把精锐便从上流偷渡，那边逆军的战斗力当然没有日军那样厉害的，只要三队之中偷渡得一队，便好行事了。”

苏阳连说“是是”，钟克毅道：

“今夜我们且休息着，明天也不要给敌人知道我们的全军到临，免得他们加意防备。”

苏阳便告退出来，回到团部，恰巧启凡和朱彦二人走来。苏阳即将钟克毅的话告诉他们听，且说道：

“今天虽然我们不即动手，然而也要防备他们渡河来反攻的，即请陈连长和朱连长带领你们的两连人在河边逡巡，休要大意。日人是诡计多端的，不可不防。”

启凡和朱彦都说遵团长命令行事，于是到得晚上，启凡和朱彦各带一连人，便到河边去巡防。原来第二营第三连的连长在狮子峪的一役受了伤，一时不能上前，所以朱彦便升了连长了。这夜，他们在河边很严密地逡巡，约莫到三更时分，朱彦和启凡二人坐地休息，彼此谈些如何和各地义勇军联络预备作大规模的攻击，要使日人疲于奔命，不遑对付。二人正谈得起劲的时候，忽然启凡部下的两个斥候队押送一个中国军官前来，向启凡禀告道：

“我们方才在河边巡哨的时候，忽然河中偷偷地来了一只小舟，这军官便登到这边岸上来。我们恐怕他是奸细，便将他擒住，送到连长面前来请示。不过据他说是有机密事特来谒见我们钟司令的。我们也不知是真是假，连长可以自己问他。”

启凡听说，在月光下向那军官仔细瞧看时，见他面色很是白净，态度也很自然，从领上的徽章可知道他是一个逆军的营长。不知他为什么冒险至此，遂向他很严厉地讯问道：

“你姓甚名谁？胆敢暗到这里来窥探，莫非受了日人的指使？快快直说，不然像你们这种卖国奴，立刻要把你枪毙的。”

那军官听了，叹口气道：

“唉！卖国奴，谁无心肝愿意受此种恶名声？不过有时为环境所逼迫，不得不觍颜苟活罢了。我是伪军第四十五营的营长李正，以前都历旅团长甘心附日贼，我一人孤掌难鸣，也只得虚与周旋，心里却是沉痛得很，实在不愿意倒转枪口来杀自家人。现在我同四十六营的营长丁某，奉日人之命，驻守在此大青河的上游，我见你们义勇军努力杀敌，一种爱国精神可敬可爱，于是我急欲反正，去杀那可恶的倭奴。现在我已将我的一营许多连排长说通了，他们莫不同意，只可恶四十六营的营长，他是日人的鹰犬，不肯反正的，但我也已和他手下的连长联络好了，也不怕他反对。我又知道你们因为我们这里两处各自据险而守，无法飞渡，故而踌躇未即进攻，所以我特地冒着险，乘夜前来，向你们献计，不知你们能够相信我吗？”

启凡听了他的话，便道：

“我是中国人，你也是中国人，大家本应该一致对外，共赴国难，你有此觉悟，我怎么不相信你？不知你有何妙计？”

李正接着说道：

“那大青河虽阔，而我们驻守之处较易飞渡，我此来和你们约好，待到你们渡河的时候，我们并不抵抗，让你们安然渡河，然后向倭奴倒戈杀他一个不防，红螺集即不难唾手而得。”

启凡和朱彦一齐很兴奋地说道：

“你说得很好，不过我们不能做主，且带你见了钟司令再说。”

李正点点头，于是二人带着他跑到钟司令的地方来。恰巧钟克毅此时还未安眠，正在灯下披阅军书，听得二人求见，知道必然有事，遂吩咐请他们进来。二人遂和李正一同走进，见了钟克毅，便把李正有意反正，到此献计的情形告禀一番。钟克毅听了，静默良久，向李正从头至足细细看了一下，遂对他很严厉地说道：

“你是不是真心反正呢？”

李正答道：

“我哪敢欺骗司令？实在决心反正，宁为沙场鬼，不做亡国奴，请司令相信我的话。我是中国人，怎肯骗自己同胞上当，去受外国人的屠戮呢？”

说罢，眼眶中已隐隐含有泪痕。钟克毅便道：

“很好，我就相信你的话，现在和你约定，明天夜间三更时分，我们的军队即从你们这边上流头偷渡，你们在那边接应，同心杀贼，共奏奇功。”

李正说道：

“谨遵司令吩咐，我们拘有民船二三十艘，明夜便可划来听用。此刻我就要回去了，免得泄露秘密，不能成事。”

钟克毅道：

“好！你就去吧！”

李正遂立正了，向钟克毅行了个军礼，告辞而出。二人一同送至河边，看他坐着原来的小舟驶回对岸去了。启凡和朱彦又跑到苏阳那里去报告，苏阳听说，也很欣喜，准备待到明晚便可偷渡大青河，把倭奴杀他一个落花流水了。欲知后事如何，且俟下回再写。

评：

自启凡等出关以来，启英、亚美诸人沉寂久矣！月下动乡思，遂生噩梦，借此以写出启凡而何尝全忘家乡，不过公而忘私耳！有此一点缀，文情便不冷落，亦为以后之暗示。

日军之得三省甚易，以有许多伪军甘心投贼耳！设果能如义军之抗日，则三省之失，未必如是速也。作者深恨之，而又深惜之，遂写出一李正来，河边献计，使人一快。然而今日滦东之收编伪军，伪军而能收编，又何必反正哉？

第十一回

义士怀忠倒戈攻日寇
倭将好色醉酒失名城

明天上午，天气忽然阴霾，有一架敌机飞过河来侦察，飞得很低，盘旋了一个多钟头，方才飞还去，并没有掷弹，所以义勇军也不还击，置之不理。钟克毅便在司令部里召集部下的大小军官，以及千金寨的骑兵队长葛人俊，一齐列席，讨论渡河的事。苏阳和启凡、朱彦等都很相信李正的话，唯有参谋谈虎和第一团团长段友虎有些疑虑，请钟克毅加意审慎，不要贪功而反遭失败。钟克毅道：

“我瞧李正的态度，十分之九倒是真心诚意的，这机会也不可错过，我们必须要渡过河去，方可进取。否则他们援军一到，便难对付了，不过我们格外小心些就是了。”

谈虎道：

“那一队首先渡河的，须智勇双全，见机行事，万一有变，也可不慌不忙，如何对付的。”

钟克毅点点头说道：

“不错，那么谁愿前去首先冒险？”

说话的时候，目光对着苏阳。苏阳便很慷慨地说道：

“团长愿率本团前往效力，听司令的吩咐。”

启凡、朱彦等也一致赞成。钟克毅知道第三团很多爱国的青年，血气壮盛，战斗力很强，也很要他们当前敌，便道：

“很好！今天晚上便请第三团首先渡河，葛队长的骑兵在后策应，我和谈参谋以及炮兵连也准备在那里跟着偷渡，万一不测，我们也好接应。再请段团长在正面防备，免得万一有失时，敌兵要反攻过来。如若上流头已经得势，段团长即可赶紧渡河，以增声势。”

众人一齐听令，大家回营预备。启凡、朱彦、南宫长霸等更是跃跃欲试。等到天色黑暗，苏阳的一团暗暗向上流头移动，到得大青河边，伏着静候。将近三更时，果然听得河中橹声，有许多小舟衔接而来。

这天夜里，天上的云很多，所以月光都被遮蔽，大地黑暗。苏阳等一齐很严密地戒备着，启凡的一连却首先迎上前去，黑暗中只见对面有四五人走来，启凡连忙立定了，举起手中枪来喝问道：

“前面是谁？”

早有一人低声答道：

“是我，我就是李正，特来接你们渡河的。你可是陈连长吗？”

启凡听得出他的声音，确是李正，便道：

“是的，你们船只可预备好吗？”

李正答道：

“一齐在河边了，请快快渡过河吧！”

启凡便吩咐一个义勇军到后面去知照，自己带领一连人跟着李正走到河边。李正便引导着他们下船，跟着背后朱彦的一连也已赶到，相继渡河。启凡坐在小船中，当先跟着李正的船尾渡过大青河去。黑暗中四顾冥冥，只听流水汤汤之声，他早已抱着牺牲的心，所以情愿舍身偷入虎穴，冒这个危险。万一李正是假投降的，那么启凡的一连先要牺牲，但是人心还不至于死尽死绝，李正究竟也是中国人，岂肯诳骗自己同胞去上当呢？

不多时，启凡等已达到对岸，一齐跟着李正悄悄地上岸。朱彦等随后也跟上岸，把船只驶回去，迎接后面的义勇军陆续渡河。启凡和朱彦上岸后，一齐把部下排作散兵线，很严密地戒备。李正便对启凡说道：

“我的部下已在那里静候命令了，待我就去把四十六营的营长解决了，然后请你们听得朝天的枪声，便可同我们去攻打正面的日军了。”

启凡答应着，看李正去后，又见自己的军队过来得愈多，南宫长霸都已过来。隔了一刻时候，听得前面逆军营地那里，一排朝天枪响，李正跨着马跑过来，告诉启凡说道：

“四十六营的营长丁某已被部下枪决，现在我们的两营一致反正，愿当前敌，请你们在后接应吧！”

说毕，便回马而去。启凡又派人到后面去通报，自己便和朱彦等分作三小队，向日军侧面包围过去。行不多时，只听前面机关枪声大响，知道日军与逆军已在正面冲突了，急命部下赶快向侧面袭击。日军出于不防，和逆军接战了一刻多钟，启凡、朱彦的两连人已向旁面猛攻过来。日军两面迎战，黑暗中不辨敌军多少，只把大炮和机关枪向前乱放乱扫。此时苏阳的一团已完全渡过了大青河，葛人俊的骑兵队亦已跟着渡河。苏阳便指挥部下去接应李正等一军，且向侧面增军队去压迫敌人。日军因为兵力单薄，不敢出战，据壕死守，仗着他们的枪炮厉害，拼命抵御。李正、启凡等几次猛冲，不能逼近日军战壕，两边这样地相持，东方已渐渐发白，噼噼啪啪的枪声和隆隆的炮声，好似轰得那老天也从睡梦中醒过来了。

此时，葛人俊的五百骑兵已完全渡河，抖擞精神，准备加入作战。苏阳大喜，便指点他们从左面杀入，葛人俊跨着乌骓马，当先一马冲去。部下早吹起悲壮的马号，五百铁骑一齐奋发，向前冲锋，踏得一片尘土飞起得像疾风骤雨地冲到日兵战壕前，日军只得出壕肉搏。葛人俊使开长刀，在马前马后一阵猛斫，杀死了几个日军，部下莫不殊死作战，勇气百倍，早将日军阵地冲乱。启凡等也从侧面攻进，李正、苏阳等两军也同时压迫过来，日军已被包围，所有大炮已被启凡的一连抢去，司令卜吉带着余众死命冲出重围，向红螺集退去。然而已有二三百日军不能逃出，一齐被义勇军歼灭。

这时，钟克毅也已渡河，见自己这边已获大胜，知道敌人空虚，正好乘机追杀，即令苏阳的一团居中，李正的军队居右，葛人俊的骑兵居左，速向红螺集进攻，杀他一个措手不及。苏阳等得令，仗着战胜余威，齐向红螺集猛扑。

日兵连次失利，也有些胆怯，援兵未至，知道红螺集难以坚守，听得义勇军来攻的消息，只得暂时放弃，退守玉带山。大青河离开红螺集不过十七八里路的光景，所以在午时，苏阳等三路义勇军兵不血刃，已将红螺集克复。当地老百姓见义勇军到来，无不欢喜，大家箪食壶浆，争先欢迎。苏阳会同李正、葛人俊等，把军队驻扎在村外，下令不得骚扰民间．埋锅造饭，饱餐一顿。

钟克毅在后边得知前方胜利的消息，恰巧段友虎的一团人也已渡河，他便叫段友虎率领两营义军把守大青河，自己带了第三团的一营和炮兵连赶到红螺集来，苏阳和李正等一齐上前谒见。钟克毅说了许多慰劳的话，便把李正的两营编作义勇军的第四团，李正为团长，又因第三团第三营的营长受伤而死，启凡建立的战功很多，便叫他升任了营长之职。检点部下，略有死伤，夺得军械、马匹甚多，大家不胜欢喜。钟克毅遂派人去玉带山探听日军消息。

到次日早上，忽然天空中喤喤地飞来两架敌机，在红螺集四周盘旋侦察。钟克毅恐怕飞机要掷弹，便令部下大家散开在田野、树林间。林振声带同炮兵在林后，将平射炮向空中高高架起，预备等飞机低落时开炮轰击。那二架飞机盘旋了半个多钟头，忽地机身往下一落，抛下两个炸弹来，正炸在村中民房那里。尘土和屋瓦齐飞，十分厉害，一架飞机掷了弹，飞到林子上面，好像疑心林子里有埋伏光景，渐飞渐低。又是一个炸弹掷下来，轰的一声，炸倒了一丛树木，有几个义勇军都牺牲在炸弹之下。林振声觑准了飞机低落的当儿，连忙开了两炮，虽然没有击中，但是已把那架飞机吓得逃上空中去了。埋伏着的义勇军见自己这边已经开炮，大家便一齐开起枪来，那两架敌机见这里有了严密对付，遂飞回去了。

义勇军见敌机已去，大家方才出来，对于敌机猖獗，愤恨不已。接着探听消息的人也回来报告道：

“日军在玉带山上架起许多大炮，注重防御。昨天晚上有援军一联队开到，且有一小队炮兵加入作战，是从绥芬城里调来的。”

钟克毅听说，便召集苏阳、葛人俊、李正等众人列席商议如何破敌，且对众人说道：

“我们若要夺绥芬，必先取玉带山，因为玉带山是绥芬的屏障，但是玉带山十分险峻，难以攻取，况且他们有许多重炮，必然居高临下，和我们作炮战，我们在严重的炮火之下，怎样能够攻得上去？诸位试想，有何破敌之计？”

苏阳很激烈地说道：

“我们只好在夜间进攻，不惜牺牲，敌军虽强，何畏之有？”

李正却说道：

“我们此去若向玉带山猛攻，胜负之数，虽未可知，不过牺牲必大，也不值得。因为我们的部下补充起来，很是困难的。我知道在玉带山的西面有一条秘密的小径，从胜家沟子那里前去，可以通到绥芬东面的猛儿山。我们不如用一队精锐，暗暗地打从这条路抄过去，倘然他们没有防及，便可很平安地到达，那么已抄出在玉带山之后，不必攻打玉带山便可进取绥芬了。”

钟克毅听了李正的说话，拍手说道：

“李团长的说话正合我心，我也知道有这一条秘密的小路，料想日人地理不熟，那里也未必有什么防备。我们不妨用魏延走子午谷抄到长安的计策，冒险一下，或可得胜。”

苏阳欣然道：

“既然如此，我愿前往。”

钟克毅道：

“你的部下勇气善战，正面也不可少的，我想抽调你部下陈启的一营，以及李团长的一营前去，已足够了。你不如帮助我们向正面攻击，也是很要紧的。”

苏阳唯唯称是。启凡在旁，听得司令派他出去作战，十分踊跃，于是他和李正告退后，奉了钟克毅的命令，各带一营人，抄向胜家沟子而去。李正对于这条路是很熟悉的，所以当先引导，衔枚疾走。然而这条路径不但崎岖危险，而且泥泞载道，十分难走的，他们不顾一切了。钟克毅等启凡等开拔后，便令苏阳带两营人为左翼，葛人俊率骑兵为右翼，自己居中，一齐向玉带山乘夜进攻。果然日军尽把大炮向山下开放，义勇军在他们开炮的时候，大家伏地不动，等到炮声一止，便向前冲锋。

有一次，朱彦的一连已越过炮火线冲到山下，却因力量薄弱，仍被日军的机关枪扫退，受伤的很多。日军见义勇军如此勇敢，不敢怠慢，探海灯向前照个不住。大炮又接连地开放着，这样，义勇军牺牲了好多人，始终不能攻进。葛人俊的骑兵更是有力无用处，战了一夜，到天明时，钟克毅方下令暂退，等启凡等一等军得手后，再向前攻。日军依然坚守着玉带山，哪里防到有后顾之虞呢？

那绥芬城中只有四五十名日兵留守，统兵的乃是喜原少佐，是个酒徒，天天要喝酒，喝醉了酒便要出来寻是生非，看见了中国年轻的妇女，就想拖来强奸。绥芬的人民对他恨如切齿，他以为义勇军是不足虑的，大日本帝国的军队绝不会吃败仗的。虽然接到前方失利的消息，却终是不信，认为谣言，且说这是日军的一种策略，故意引诱义勇军深入，不久便要把义勇军尽数包围，一鼓而歼灭之的。大家听了他这种狂妄的说话，也只好一笑置之。

这天下午，喜原少佐带着几个日兵在城中挨户搜查，因为城中发生一个谣言，说有许多义勇军化装平民，已混入城内，要想乘机作乱，所以他借着这个题目出来搜查，遇到人家有资财的，他们便趁火打劫，顺手牵羊，捞摸些去。喜原正搜到一家姓柳的人家，蓦地里瞧见一位十六七岁的小姑娘，生得非常美丽，真是小家碧玉中的翘楚，他见了，魂灵早不在身上，全身都觉得酥软了，宛如贪嘴的狼遇着一头小羔羊，怎肯舍弃呢？于是他就把这女子拘去，说伊有通敌嫌疑。横竖在他们的铁蹄之下，虽有冤屈，也无从申诉的。

喜原将那女子掳到自己的私邸中，一到晚上，他便端整了酒菜，强逼那女子伴他欢饮。那女子被逼着，没奈何只得听从。喜原大乐而特乐，一杯一杯地喝个不休，不多时，早喝得大醉。正想拥着那女子去逞他的兽欲，忽报义勇军已从东门杀进城来了，喜原大惊，急将那少女推开一边，召集了部下，出去抵御，早听枪声密如连珠，不知有几多义勇军杀了进来。两边遂开始巷战，但是喜原是个醉人，失却指挥的能力，义勇军人数又多，作战又能，日军平时和义勇军交战，不过靠着枪炮的厉害，现在短兵相接，哪里抵敌得过？所以，战不到两个钟头，早已死伤大半，只有几个日兵逃得性命。喜原正想化装逃走，偷偷地转过一个弯，忽然迎面有一骑疾驰而来，马上坐着一个美少年，穿着义勇军的制服，高声喝道：

“狗贼！逃到哪里去？”

挥动手中长刀，向他搠来，喜原仓促不及抵御，早被那美少年刺倒在地，背后又跑来两个义勇军将他缚住。原来，那美少年正是启凡，他和李正打从胜家沟子抄到猫儿山，探听得城中空虚，便和李正分两路抄袭，很容易地从东门杀进。城上不过有七八名日兵，一齐死于手榴弹之下。李正也从南攻进，遂把这绥芬城克复。恐怕日军要反攻，便叫李正坚守城池，自己带领一营人，在天明时便向玉带山后面进攻。日司令卜吉得到绥芬失守的消息，他因连次失败，兵力单薄，生恐被义勇军断了后路，两面包围，不得逃出。所以，急忙抛弃玉带山，整队向王家庄退走。那边和铁路相近，进退较便，可以待援反攻的。

钟克毅于是将玉带山克复，长驱而入绥芬，记了启凡和李正的头功，立刻把喜原少佐枪决，绥芬人民莫不称快。钟克毅便把守城的事交给启凡和李正二人担任，防备日军反攻，但是，戒备多日，不见日军前来。

你道日军为什么一时没有后援，以致败得如此迅速？其中也别有缘故，并非偶然。欲知后事如何，且俟下回再写。

评：

渡河破敌，虽为李正反正之功，亦由启凡勇敢冒险所致也，写得甚是热烈。

玉带山进攻小挫，是写日兵处，遂有此间道进攻绥芬之奇计，仍由启凡立功，此作者极力写之也。

喜原少佐好色贪饮，遂失绥芬，亦启凡之幸耳！

末后结，一作一小问，甚妙！

第十二回

舍身歼暴敌计夺甲车
誓死守孤城力攖炮火

当钟克毅率众与日军辗转在大青河、玉带山、绥芬城一带作战的时候，恰巧沿吉敦路的地方有一队义勇军，激于大义，乘时崛起，和日军浴血鏖战，使日人无暇兼顾绥芬一路的军队，对于钟克毅未尝无犄角之效。这一路义勇军的首领便是名震吉东的王德林，他率领部下爱国健儿，专一拆毁日军的铁路，断绝日人的交通，采取游击式的策略，常常声东击西，乘间蹈瑕，往来飘忽，行踪靡定，所以日军非常忌惮，对于他防备得也很严密。

王德林猛攻清心店的时候，是曾一度得手，可是因为日兵大队援军开到，更加着有许多坦克车在正面冲锋，所以他只得退走，守住卧虎沟。那卧虎沟正在崇山峻岭之中，日军一时不易进攻，便派飞机到那里去掷弹。在那里有一个飞机的中队队长，是贺田大尉，他带领九架飞机，天天早上飞到卧虎沟去从事侦察，趁他高兴的时候，丢几个炸弹，在上面瞧着地面上受了炸弹，一阵白烟和尘土一齐冲起，倒也很好看的。王德林的部下因为没有高射炮，对于飞机也只好无抵抗。

有一天，贺田大尉带领六架飞机到卧虎沟去侦察了一个钟头，丢了一个炸弹飞回来，路过一个村庄，飞得稍低。忽然听得砰的一声，有一颗枪弹向他们中间的一架飞机射来，显见得下面有人在那里要打飞机，虽然没有被他击中，可是已激动了贺田的怒气，立刻下令要轰炸这个村庄，所以这六架可恶的铁鸟便在这村庄上面打了一个转，掷下七八个大炸弹来，炸得这村庄烟雾蔽天，墙倾屋毁，他们方才很得意地飞回去。可怜这个村庄突然遭此浩劫，真是飞来横祸，家破人亡，只有少数人逃出。

在这少数人之中，有兄弟二人，逃得性命，把日人更是痛恨，当天立誓，必要努力杀敌，代村人复仇。他们姓于，兄名英森，弟名顺三，世居在这个吉云村。他们本来都是个猎户，枪法很好，赳赳有武士之风，对于日人侵略东省，心头也十分愤恨，早有从军之志。这天，他们出猎回来，刚要进村，不料日机已在那里施行轰炸，他们便只得返身逃走，可是身边只各带得一支猎枪，家室尽毁，无处可奔，只得到前面白虎岭上荒庙中去暂行栖宿，凄凄凉凉过了一夜。

次日早上起身，腹中很觉饥饿，无处得食，遂各携着猎枪，走出庙去，要想弋取一二禽兽，作果腹之计。二人刚走到树林边，只听空中轧轧轧的有两架飞机从北面飞来，回翔天空，其形甚低，乃是日本的一架侦察机和一架战斗机。侦察机在下，战斗机在上，渐渐飞到二人的头顶上。二人连忙伏在树下，对于敌人的铁鸟猖獗，非常痛恨，英森便回头对顺三说道：

“倭奴昨天把我们的村庄轰炸殆尽，如此残暴凶狠，为天道所不容，我等劫后余生，对于这个亡省破家的深仇大恨，不可不报。不如现在趁他们不防的时候，暗中击他几枪，至多他们掷个炸弹下来，我们也不想活命了。”

顺三答应一声，于是二人暗暗把枪举起，瞄准了上面的飞机，等到飞得已近，啪啪啪地一连开了几枪，飞机上的日人没有防备到这么一着，急忙飞上去时，在下面的一架侦察机翼上已中了两弹。因为于氏弟兄的枪法实在非常精妙，平日打猎的时候，枪无虚发，此番又十分用心用力，所以日机逃不掉了。那架侦察机受了伤，还是很快地向后面飞回去，然而飞了不多路，在白虎岭的对面扇子山畔，机身一侧，便翻落下去，上面坐的人正有贺田大尉在内，飞机和人都跌个粉碎。昨天他在吉云村轰炸的时候，何等威风，想不到今天他也断送性命了。那架战斗机见自己这边业已失利，索性把机身向下陡地一落，对准树林里突突突地开放了一排机关枪，算是报复，以为总可使敌人死伤若干，但是林中却只有于氏弟兄二人，躲避得很好，丝毫也没有受伤，却反回放了数枪。日机究竟心虚胆寒，也就飞回去了，却送去了他们的队长贺田大尉。从此，日人的飞机对于义勇军也不敢过于轻视了。于氏弟兄见敌机飞去，遂走出林子来，顺三说道：

“这一下子很爽快的，居然被我们击毁了一头铁鸟，代我们已死的村人出口气。”

英森也说道：

“这也是侥幸的事，未足为喜。我们没有飞机和他们对垒，总是吃亏不少的。”

顺三叹道：

"有是有的，在沈阳也有二三百架飞机，可惜都白送给了敌人使用了。"

英森听说，也叹了口气，又道：

"我们现在到哪里去呢？"

顺三道：

"我们已被敌人闹得无家可奔，有国难投，何不也当了义勇军，去和日兵血战？不但为国出力，也可代自己复仇。此地相近的卧虎沟那里，有王德林一支的义勇军，正和日军抵抗，我们可以投到那边去效力。"

英森道：

"很好，我也早有此志，就同你去加入义勇军吧！"

顺三答应一声，二人遂又到林口去猎得一些野兔子和山鸟，携回庙中，生火烤熟了，胡乱吃得一顿，便下了白虎岭，取道径奔卧虎沟。到得那里，向义勇军说明缘由，领到王德林那里去见过，二人又将日机轰炸吉云村，以及他们在白虎岭上击毁日机一架的事详细告诉。王德林见他们一番热忱溢于言表，并且体格都很健硕，遂收在部下。此时，王德林已把部下补充好，又得了一批子弹的接济，打算就要向清心店反攻，告诫部下务须各出死力，去和日军决战。到得次日晚上，便分兵三路，向清心店袭击。凑巧刮起大风来，郊野中风声怒吼，飞沙走石，吹得日兵都藏在营帐中，懒得出来。王德林的三支义勇军达到相当目的地址，一齐开枪，向日军驻扎地猛冲。日军在黑夜里不知义勇军到了多少，不敢出战，他们那边有六七辆坦克车，遂把来挡在前面，只把野炮、机关枪四下里扫射，一面飞电后方，增添援兵前来接应。义勇军因为日军炮火厉害，一时攻打不进，王德林恐防日军增援，他知道清心店后面便是铁道，日军的铁车必要前来助战，不可不早为拦截之计，遂分遣一支队到铁道旁边去阻挡。

于氏弟兄也在其中，共有二百人左右，立刻跑到铁道那边，埋伏在丛林夹道中。于氏弟兄又和十数名义军，预将右边的铁道路轨毁去了一段，堆叠了许多大石，果然隔得不多时候，耳畔听得车声隆隆，前面有三辆日军的铁甲车在铁道上向这里发驰来了。待到相近，义勇军一闻暗号，立即从旁阻击，弹如雨下，日军不防，仓皇夜战，但是不见义勇军在什么地方，虽然将铁甲车上的大灯光向四下照看，然而也侦察不出。义勇军的枪弹愈放愈密，日军遂将大炮开放，炮声砰訇动地。这样相持了良久，日人恐防要被义勇军包围，最先的一辆铁甲车一边将大炮乱轰，一边向前面突围而走。方才冲得不多路，哪里知道路轨已毁，轰隆一声，铁甲车遂倾覆道旁。于氏弟兄早率义勇军瞋目大呼，一齐杀出。日军伤的伤，死的死，后面两辆铁甲车要想赶上前来接应时，也是够不到，顺三首先奋勇向后边的铁甲车飞步奔去，要想跳上车去抢夺，不料一弹飞来，正中左腿，跌倒在地，被日兵擒去。英森和众义勇军冲上去时，日军的铁甲车已退回去了。这一辆跌倒的铁甲车遂被义勇军夺获，车上的日兵已死个精光。

这一遭的袭击可称成功，但是英森知道兄弟被敌人捉去了，一定凶多吉少，雁行折翼，鸰原致痛，心上非常悲哀。果然顺三被日军执至敦化，因为这次失败，便把顺三恨得了不得，先把他的双目抉去，然后杀死，悬首藁街，给那些帮助义勇军的人警戒。然而顺三躯壳虽死，而精神不死，足以当得烈士而无愧了。

王德林那边的三路义勇军和日军相持至天明，日军见义勇军不退，东方发白，正好乘机进攻，便把坦克车放出，向前面平原上冲过去。王德林带领部下向正面退却，日军持着坚甲利器，只顾往前追杀，看看义勇军在前远远地溃奔，遂不停地追赶。坦克车当先爬过了几条田沟，正自很快地猛追，忽然轰隆隆的好像天崩地裂一般，七辆坦克车一齐陛落下去。原来，王德林预先在此把泥土挖松，掘了几个大坑，上面虚掩着薄土和乱草，望过去是很平衍的草地，借此诱敌，好破坏敌人的坦克车。果然日军太大意了，中了他们的计策，于是三路义勇军返身杀转。

日军受了重创，坦克车尽失，只得向后撤退，而于英森的一队义勇军正从后面杀来，猛攻清心店。日军不得已，放弃了清心店，退向敦化而去。王德林就得了清心店，十分欢喜，遂分遣义勇军出去扰乱铁道，把吉敦路切成数段，交通顿时断绝。日军见义勇军势盛，急欲扑灭，遂从后防调遣生力军第八师团一部分前来救援，并由沈阳加派二十余架飞机前来助战。日军将军事计划停当后，也分数队前来攻打清心店，二十余架飞机帮着向义勇军抛掷炸弹，将义勇军的战壕一齐毁坏。本来义勇军力量薄弱，利于黑夜袭击，不宜正面作战，要守住一地也非容易的事，所以王德林的义勇军受着敌人重大的压迫，血战数次，颇多死伤，只得仍退到后面深山中去了。

此时，钟克毅在绥芬得到这个消息，便吩咐启凡率领第三团的一营，以及李正的二团人，固守绥芬，随后策应。自己又向大青河段友虎的第一团中抽取两营义军，会合这里苏阳的两营，一共四营人，以及葛人俊的骑兵，分作两路，向侧面进攻，去救援王德林的义勇军。不料王德林业已败退，日军也已早接到绥芬失守的消息，便派骑兵一联队、炮兵一营、步兵八百、飞机八架、坦克车十余辆，前往增援。日司令卜吉得到了许多生力军，急欲收复绥芬，一雪前次失地败军的耻辱，所以另派炮兵一连、步兵五百，从间道去攻绥芬，自己带领部下，迎住钟克毅的义军，两下从侧面来援助。

钟克毅等被日军几路包围，前有劲敌，后无援兵，再也支持不住，只得在日军猛烈炮火之下，殊死作战，突围而走。苏阳却不肯退，虽然受了重伤，尚和日军死战不休，日军也死伤了不少，到底他牺牲生命于坦克车之下，他的两营人差不多全军覆没，大好男儿尽为国殇，只有几个逃脱。日军也难得遇见这样忠勇热烈的义勇军的，无不惊叹。葛人俊的骑兵也死伤甚多，被日军切断了联络，只得绕道退去。

钟克毅收拾残余，要想退至绥芬，但是绥芬已被日军包围，启凡等坚守城池，并无余力前来接应。钟克毅本想还援绥芬，却被日军在后面追杀不舍，没奈何，往后退去。卜吉指挥日军夺回玉带山，钟克毅退回大青河，隔河守住，急调第二团前来援助，日军也在大青河对面扎下营寨，声势很壮。钟克毅也只有保守之力，再不能向前救援自己的义勇军了。于是启凡等一支孤军被困在绥芬城中，断了接济，危险万分。启凡知道日军大至，自己那边必已失败，但是无论如何，总要把这城池坚守住的，他便对李正说道：

“现在我们已被日军包围，大概前军也有失利，否则他们必要回援的。我们进退无路，只有抱着与城俱存、与城偕亡的决心，将这绥芬城努力死守。敌人若要消灭我们，至少也使他们有重大的牺牲。我已拼一死的了，不知李团长的意见如何？”

李正说道：

“好！到了这个时候，捐躯沙场，本是我们的素志，陈营长既然愿意守城，我无有不愿的。”

于是启凡请李正维持城中的秩序，自己担任守城的工作，把绥芬城守得甚是严密，日军在城外一连攻打了三天，未能得手，只是将大炮在夜间向城中乱放，轰得一处处墙倾壁倒，可怜的人民都只好掘着地窖藏身。一夜的炮声怒吼不绝，直到天明，方始停止。半空中日人的飞机却又来了，在城墙上面的空中打转着侦察，随意掷个炸弹，要想捣乱防守的军队，可是义勇军都抱着决死之心，便是飞机飞在他们头顶上也不惧怕，有时等到稍低的时候，也要向它开放几枪。启凡早晚用心防守，正是食不甘味，夜不成寐，非常劳苦。李正也是日夜在城中逡巡，维持秩序不乱，这样守了足足有半个多月，城中食粮渐渐缺乏，子弹也渐渐告罄，李正十分忧虑，启凡却雇用许多夫子，在东南两边的城墙下暗暗挖掘隧道，通到城外去。李正不知他是何用意，向启凡询问，启凡凑在李正耳边，低低说了几句，李王只是点头。欲知后事如何，且俟下回再写。

评：

此回上半乍看如异军崛起，其实为前两回之补笔耳！否则钟克毅等义军何能长驱而下绥芬哉？

写王德林，顺手叙出于氏弟兄射去一日机，所以为吉云村雪恨，盖日军之轰炸村庄，暴虐无人道，一至于此。作者借此于笔端泄之，岂独为于氏弟兄显其神技哉？

计夺甲车一段，写来声势甚盛，亦一幕悲壮之爱国剧也。呜呼！于氏弟兄可以传矣！

义勇军只能东西游击，出没无定，方可乘机取胜。钟克毅今意以堂皇旗鼓出之，故卒致先胜而后败也。

启凡力守孤城，牺牲之精神可敬。

第十三回

枪林弹雨幸脱重围
旨酒良宵乍临迷阵

隔了几天，那些夫子已把城墙下的隧道挖好，直通到城墙外的河边。其时天寒水涸，河浅可渡，隧道的上面仍盖着泥土，不使日人窥破，日军依旧在夜间向城里开炮，日里却休息不战，只把飞机飞来轰炸。这样要使城中的义勇军不战自毙，免得一番肉搏，好在他们围在城中，总是无路可走的了。

这一夜正是隧道挖好的次日，夜间天上星月无光，十分黑暗，启凡和李正便将部下召集在一起说道：

“我们死守这绥芬城，已历二十天，后面的救兵不见前来，大约已被敌人遮断，我们虽然还可死守，可是粮食和子弹一齐告乏，城中的精华大半已被日人炮火轰毁，许多老百姓也是非常可怜。粮食一断，他们不是坐而待毙吗？所以我想和诸位趁这黑夜中，从隧道里偷出城垣，突围而走，回到钟司令那边，再作道理。现在我们可以假作反攻，以便夺路，千万请你们不要乱奔，在后面的枪弹是难以抵挡的，越是怕死越是要死。我们须要向前杀开一条血路，不但自己可以出险，而且可以加重创于敌人，所以你们要奋勇，不要溃散。”

部下一齐答应：

“情愿出去一战，觅取生路。”

启凡遂又请李正去知照人民，要走的可以跟着军队走，不要走的听便。通告出去后，倒有一大半人要跟着军队走的。启凡把队伍分作两队，人民也分两队跟着，他和李正各领一队，待到三更时分，启凡带领一队，从城南隧道出走，李正的一队却从城东的隧道出走，大家要想从死中求活，可以得到一条生路。

城外的日军一连攻了许多日子，因为启凡和李正拼死坚守，攻打不进，他们不肯牺牲自己的部队，明知这斗大孤城，救援断绝，再迸几时粮食断绝了，自然不攻自破，所以只把这绥芬城围住，没有积极地攻打。不料启凡便利用这个机会，突围而走了。

启凡带领义勇军，掩护着人民，冲至日军的防地，他便吩咐一个连长，率领一连人保护难民，乘他们冲杀的时候，夺路先走，他自己和敢死的部下，一齐奋勇向日军进攻。几个哨兵已死于义勇军枪弹之下，日军得到警报，立即分头出战，初时启凡等仗着一鼓勇气，将手榴弹向前冲锋。日军猝不及防，略略退后，启凡等追上前去，谁知日军人多，从左右增加队伍，战了一刻工夫，反把启凡等包围住。启凡明知自己已陷绝地，四面围困，要想杀开一条血路，向外逃生，这是千难万难的了，然而心里也不愿束手待缚，被日军掳去，做阶下之囚，受他们的侮辱，遭他们的残杀。此时已拼一死，只希望多杀一个敌人，是他们最后可尽的能力，因此他和部下努力抵抗。

日军因在黑夜，也不敢鲁莽从事，四面只顾渐渐地包围拢来，把机关枪扫射，预备天明时便可把这些义勇军解决了。

战到四鼓时候，启凡见自己部下已死了不少，敌人的枪弹愈放愈近，知道自己的性命也在顷刻了，他就握了管手枪和一个手榴弹，向前冲去。恰巧前面也有两个日兵擎着步枪暗暗地匍匐着向这里偷行过来，启凡眼快，早已瞧见，遂把手榴弹向他们掷去，轰的一声，立刻把这两个日兵炸倒。后面的日军听到声音，马上将机关枪摇急了，向这边射来，启凡躲避不及，腿上、臂上各中了一弹，倒在地上，昏厥过去。

等到醒来时，自己觉得忽然又换了一个地方，不在战场，而在一间室中了。这室中生着火炉，很觉暖热，自己正睡在炕上，炕边立着两个男子，都是中国人，又看看自己臂上，早已有人将他的伤处包扎好，再想把左腿伸展时，却不能活动，很有些疼痛。受伤的地方也被包扎好了，这样竟使他如堕五里雾中，惝恍迷离，一时摸不着头脑，暗想：我不是带领着部下的义勇军，方从绥芬城里突围出来和日军血战，被日军包围住，不能逃走，而自己又中了枪弹，倒向地下的吗？那时候耳畔似乎还听到连珠般的枪声，满拟自己捐躯沙场，为国牺牲了，怎样又会到这个地方来呢？好不奇怪！此地又是哪一处呢？他这样地呆呆想着，两个男子早瞧见他苏醒了，便开口问他道：

“老哥，醒了吗？觉得怎样？恭喜你出死入生了。”

启凡点点头说道：

“多谢你们，但是请问这里是什么地方？是不是你们把我救来的？你们又怎样能够走到敌人的重围中间来把我援救的呢？这个道理我总不明白，请你们老实告诉我。”

一个男子对他笑道：

“老哥，你此时已脱离危险，慢慢自会知道的，不要心急，待我去报告一声再说吧！”

遂回身走出室去。启凡见他们不肯即告，也只好罢休，仍自睡着不动。隔了不多时候，听得门外脚步声，早见那个男子引导着一个美少年走进室来，背后还跟着两个护兵样子的健儿，各佩着盒子炮，状态雄杰。那美少年全身也穿着戎装，脚踏长筒马靴，头戴一顶獭皮高帽，生得鹅蛋般的面庞，唇红齿白，眉清目秀，并不像关东大汉，却带有几分女性，一双美目瞧到启凡身上来时，觉得眼光中很有媚意，开出口来时，声音也十分清脆，向启凡点点头问道：

“现在觉得痛吗？”

一边说，一边走近启凡炕前。启凡把左手伸到自己额上，向他行了一个敬礼，说道：

“我的性命莫非就是你足下来救我出来的吗？这个再生之德，何以报谢？但是同时我又恨自己没有死在那里，可怜我部下的健儿，都已断送在日人炮火之下。他们杀身成仁，虽死犹生，使我反觉惭愧，对不起他们了。”

说到这里，眼眶一红，滴下两点有情之泪。那美少年也叹口气说道：

“男儿抱热血，百年待一洒，你的部下因为决心抗日，把他们的热血洒向沙场，虽然身死，而战绩可以长留，所谓求仁而得仁，又何怨焉？我只恨一班握虎符的封疆大吏，勇于内战，而怯于御侮，兵临城下，退避三舍，拱手而把大好河山奉送给倭奴，自己不肯牺牲一些，不顾国家的危亡、人民的痛苦，正是误国的庸才、千秋的罪人。你们义勇军虽然能力薄弱，而抱着自己牺牲的决心，大家起来和日军作战，这真值得我们敬佩的，所以我虽然也是没有力量的人，被你们感动了，也想起来干些救国的工作，这一遭竟把足下救得来了。请问足下大名？”

启凡听着美少年言语激昂，说得很是确切，便点点头说道：

“不错，承蒙不弃，下讯贱名，敢不奉告。我姓陈，名启凡，是红螺山义勇军钟克毅部下第三团的营长，比番奉命守绥芬城。只因粮草和子弹都告缺乏，救兵不见到来，守了好多时候，再也守不住了，所以带领部下保护愿走的难民，一同冲出重围，本想找条生路，后来我们因为掩护难民先走，自然要和敌人血战，卒因众寡不敌，遂被他们包围。我已拼一死，却不想到还能得救，现在我已告诉足下了，请你也告诉我一些吧！足下是何许人？怎样救我出来的？”

说时，露出很恳切的样子。那美少年微微笑了一笑，在启凡的炕边坐下，说道：

“陈营长，我也老实告诉你吧！这里是大华山，我本是山中的一个土匪，我就是土匪的首领，姓包。”

说到这里，又顿了一顿，才说道：

“名唤人英，说也惭愧，平常时候自然干些打家劫舍的生活，在这里横行无忌，靠着这峻险的山头，官军也不敢深入征剿。在我的部下也有二三百儿郎，不是我夸口说，都是些杀人不眨眼的魔君、流血不喊痛的好汉。自从九一八沈阳事变以后，日军四处攻打，把我辽、吉、黑三省土地逐渐鲸吞蚕食，可怜东省人民做了亡国奴隶，所以我目睹这种情形，也觉悟了，要想起来干些抗日的工作，只恨人少械缺，没有多大能力。后来，有一个日本浪人要来收买我们，我将计就计，骗到他们一批军火，有四架机关枪、一万发子弹，到得手里，便不理会他们了，他们也无可奈何。我们又囤积一些粮食，早预备要和敌兵厮杀一下。近日听得绥芬地方，我们的义勇军被日军围困着攻打，没有救兵，此地离开绥芬不远，我屡次想来接应，和义军一起杀贼。昨天便决定了，带领二百部下，在夜间出发，想攻日人的背后。行至相近，忽听枪声紧密，遇到一起难民，方知你们突围而出，和日军开火了。我遂指挥部下，从背后冲杀过去，把日军杀退，我的部下把你救起，看了你身上的徽章，知道你是义勇军的上级军官，才把你救回来。我们这里也有军医的，我就叫军医代你诊治伤处，幸亏都不是要害地方，枪子都穿过去的，没有损伤筋骨，他遂代你敷了药，包扎好了。他说大概不出旬日就好恢复原状的。所以，陈营长，请你就住在这里，待到创口愈后再说。”

启凡听了他的说话，遂谢道：

“包君，你也不愧是个爱国的志士了，承蒙你如此照顾，感激得很。”

包人英微笑道：

“四海之皆兄弟也，你又何必客气？况且在这国难严重的时候，我们都是中国人，理该同仇敌忾，大家互助去杀敌人，是不是？”

启凡点点头说道：

“不错。”

包人英道：

“请你养息些吧，多说话恐怕伤神，我已叫两个同志在你室中伺候，你有什么事，老实吩咐他们就是了。”

说罢，立起身来，带着两个健儿，告退出去。启凡明白了这事情，遂也安心在这山上休养。包人英天天要来看他一次，或是两次，谈吐很佳，不像是个土匪出身的人，而且爱国心重，谈到外侮时，常常慷慨激昂，忠义奋发，可知十步之内，必有芳草，十室之邑，必有忠信，古人的话是不错的了。还有那个军医也常来诊视，一日三餐，送来的都是很精美的菜肴，住在这里，一些不觉痛苦，也不感觉寂寞了。但是有时想起自己的义勇军，以及朱彦、南宫长霸等众人，不免心中惦念。

过了十数天，启凡的伤口已大好了，行走也便当了，包人英便陪他到山上四周视察形势，果然非常峻险而曲折，敌人若没有很熟的向导，绝不敢轻易深入的。又见包人英部下都是赳赳桓桓的健儿，一切布置也很妥当，心里暗暗佩服。包人英也是一个青年，却能使部下服帖，雄踞这个山头，较上海那些摩登少年厮混在跳舞场中、咖啡馆里、电影院内，麻醉了心，短灭了气，只知娱乐而不知救国，却不可同日而语了。包人英因为启凡是江南人，常要叫他说上海土白和苏州话，两人天天聚在一起，意气相合，友爱的程度也与日俱进，渐渐无言不谈，成了知己。包人英要他一同在此参赞军务，说不论在哪一个队伍中都是抗日，所以也不必急于离去。但是启凡总要想着钟克毅等一干人的，后来探听得日军已渡过大青河，将钟克毅的义勇军压迫回狮子峪去了。他想请求包人英出兵前去救援，包人英一口答应，探知从大华山前去，必须要经过郭村，但那郭村已有日军占据，不过人数尚少，只有五六十人，大可袭击。倘然得了郭村，便可和狮子峪的义勇军呼应了，二人商议之下，决计先去攻打郭村。

包人英遂点齐三百健儿，带领枪械子弹和粮秣军用品等，即日出发，进攻郭村。日军得讯，便在村口布置电网，架起大炮机关枪，作坚守之计，却被启凡用了两面包抄之计，杀进村中。包人英和众健儿奋勇厮杀，相持一日，竟把日军击退，杀死了一半，遂夺得郭村。检点部下，死伤的共只四人，包人英大喜，便把司令部设在一家巨厦之内，里面正有个新房，布置完美，大概那家人家新婚的时候，便遭着兵祸，逃往他处去了。后来，遂给日兵的军官住了，此次日兵仓促退走，所以没有破坏。包人英十分高兴，恰巧在宅中寻得几坛好酒，便在这个晚上，在那新房中生起火炉，要和启凡对酌，得胜之余，痛饮一下。启凡当然答应，把诸事办好后，天色已暗，点起灯来，二人遂略办些下酒的菜，坐在那个新房中相对痛饮，窗外明月皎洁，清辉照射，正是旨酒良宵，人生难得。二人喝着酒，随便讲话，包人英一连喝了几杯，两颊红得像玫瑰一般，有些醉意，还要一杯一杯地喝下去。启凡恐怕他喝醉，劝他不要再喝，但他哪里肯听？启凡陪着他喝，也有些醉醺醺了。直喝到更深，才把残肴撤去，包人英立起身来，脚步歪斜，对启凡说道：

“这里很暖热，且有新床，被褥都全，你就不必到别地方去睡，我二人不妨抵足而眠，可好吗？”

启凡点点头，包人英脚下移得二三步，即要倾跌，启凡遂扶他到床边，一同解衣就寝。包人英口里虽说抵足而眠，可是糊糊涂涂地竟和启凡共枕而睡，不多时，大家也就睡着了。

到得天明时，启凡先醒，见包人英的头正攒在自己的肩下，鼻息微微，正睡得酣甜，一只手臂放在他的胸前，微有一阵芬芳之气，瞧到他的眼波眉黛、纤腰秀项，活像个女儿身。他平日心里本有些疑惑，现在疑窦更深了，自思：从前花木兰易钗而弁，代父从军，同行十二年，不知木兰是女郎，现在的包人英，富有女性，莫非也是女装男扮的吗？想到这里，一颗心不由跳动起来，见他只穿得一件绒线衫，在他透气的时候，胸前一起一伏，微微有些隆起，遂大着胆做那探险喜马拉雅山的故事，伸手轻轻去一摸时，不觉又惊又喜，几乎失声喊将出来。乍临迷阵，不知是真是假。欲知后事如何，且俟下回再写。

评：

启凡之弃城而走，虽言死乎无益，然亦为下文开展地步耳！

受伤将死之际，忽又易一地，无怪启凡惊疑，美少年何人耶？亦爱国之流也。

救援狮子峪，先写袭击郭村，别生文情，有手挥五弦、目送飞鹅之妙，旨酒良宵，同榻而睡，遂发现奇事，递写甚佳。

第十四回

订鸳盟枕边述往事
惊铁鸟天外来故人

这时，包人英已醒了，睁开双眼，见自己的头正贴近启凡胸口，启凡方对着自己微笑，表示惊异的状态，一手尚在自己的胸前，不觉说道：

“哎呀！我昨天喝醉了，怎样会和你同睡在一起的呢？”

启凡微笑道：

“包兄，请你不要怪我，是你自己叫我同睡在这新床上的，可是哪个是新郎，哪个是新妇？这要请包兄告诉我了。”

这几句话羞得包人英越发把头向下攒去。启凡又说道：

“现在庐山真面已被我识破，请你也不必深讳，究竟是怎么样的一回事，希望你老实告诉我吧！因为你这样扑朔迷离，使人难以明白啊！”

一边说，一边把手缩了回去。包人英抬起头来，两颊红赧，对启凡说道：

“现在瞒不过你了，只得告诉你吧！我的亡父包世杰，别号满天星，是吉东有名的英雄好汉。当甲午年中日之战时，他曾在左宝贵将军麾下，随着左将军力战倭奴。平壤一役，左将军以孤军失利，捐躯报国，我父亲也身受重伤，幸得不死，休息年余，重又出外，后因细事得罪某提督，逃归故乡，愤而为匪，集合同党数百人，霸占着那个大华山。四围的人谈起‘满天星’三个字的大名，哪个不知？他的为匪也和别的绿林不同，凡是孤客不劫，贫家不抢，近处不扰，每年出远去做几趟买卖，择肥而噬，满载而归，也就够用了。可是他年纪将老，伯道无后，只生了我一个女儿，从小就穿男子装，当我儿子看待的，长大起来，也不变换，不穿耳朵，不缠小足，外边人谁知我是女儿身呢？我父亲一身本领很好，精于技击之术，又善开枪，能在马上握双铳，左右轰射，无不如意。记得有一次他和同伴数人到营口南满铁道边去行劫，因为他探知，有一日本富商带了许多金钱，坐火车到沈阳去，囊橐中很肥的，所以他和同伴也扮作商人，和那日本富商坐在一节车中，等候火车在夜半驶至较为荒僻的地方。我父亲等几个人一齐动起手来，把富商所带的许多钱财一起劫得，我父亲两手握着两管手枪，监视着车上的四个路警，不许他们稍动，同伴得手后，挟了劫物，一个个先从车上跳下去。其时火车开得更快了，只有我父亲一个人在车上，前面又将近站头，有护路的军警驻扎在那里。我父亲不慌不忙，将车上的警察逼到厕所里去，把他们关住，然后一跃而下，等到护路的军警闻讯前来追捕时，我父亲和同伴们早已安然远走了。还有一次，他和两个部下的健儿行劫回来，路过曹家营，恰逢一队官兵拦住，两边开起枪来，两个健儿都中弹而死。我父亲知道众寡不敌，恐受包围，于是把坐下马两腿一夹，泼剌剌地向前奔跑。官军里头有十多个骑兵，紧紧追赶，众枪齐发，我父亲把双足倒钩住马鞍，身子蜷伏在马肚下，枪弹都从马上飞过，哧哧不绝，我父亲左右手中的两管手枪也向后面开放，早有几个骑兵中弹落马。我父亲一边放枪，一边纵着那马向前疾驰，到底被他单骑脱险。官军对于我父亲的神勇，莫不惊异赞叹的。因此他把枪法和他所娴的技术一齐教导给我，我也尽心学习，只恨我的功夫浅薄，未能尽得父亲的传授，说起来时，非常抱憾的。记得我父亲临终的时候，他唤我到床前，挣扎着对我说道：'我生平有两大憾事，第一件事，老天生了我这一副铜筋铁肋，不能为国杀敌，立不世之功。如前年中日之战，却恨未能多杀几个倭奴，随左将军同死沙场，后来《马关条约》签字，和议告成，我国屈辱于三岛倭奴之手，从此他们把东三省视作他们俎上之肉，一步步地蚕食，把我东省的利权渐渐夺去，好遂他们并吞大陆的政策，将来首先受着兵祸的，便是我们的东三省了。我年纪已老，李广难封，不得已处身绿林，干这种椎埋剽劫的生涯，现在又要脱离尘世而去了。我这个志向未能得伸，希望你将来能够做些事业，补偿我的缺憾。倭奴威迫利诱，无所不用其极，对于这里的胡匪，时常要拿金钱和枪械来煽惑，要想收为他们作乱的前驱。但是你必要爱护自己的国家，认清外来的仇人。第二件事，是我一生没有儿子，只生了你一个女儿，终觉得有些美中不足，所以将你扮作男装，认为儿子的。且喜你性尚聪慧，身体也很强健，能够学习武术，将来可以有用，只要能够不背我志，男女也是一样的。不过你不能出嫁到别家去，须得招赘一个爱国的志士，承继我家的宗祧，这要你用锐利的目光去选择了。'"

包人英把伊父亲的事告诉到这里，美妙的目光向启凡若有意若无意地瞧了一下。启凡却一心静听伊谈那位老英雄的逸闻，见人英说到这里停止了，便道：

“令尊的确是位爱国的英雄，可惜他所遇的机会不好，以致赍志而殁，真所谓‘冯唐易老，李广难封’，使人不胜惋惜的。不过有你这位克绍箕裘的女公子，也是一位花木兰第二的人物。”

包人英不待启凡的话说完，娇嗔着说道：

“你说什么克绍箕裘，是不是讥笑我吗？须知我们是不得已而落草的，不像你们是王孙公子呢！”

启凡忙把手摇摇道：

“不是这样讲的，请你不要误会，说什么王孙公子、绿林强盗，现在我们一样是抗日的同志了。并且英雄不怕出身低，历史上的大人物，牧牛屠狗的很多，何足为奇？何况你们是有义气的弟兄呢！我不过说你能够继续你父亲的志向罢了。”

包人英听他说得十分诚恳，也就回嗔作喜，接着说道：

“我在父亲死后，赖部下同心一德，拥戴着我做领袖，我就照着父亲的遗嘱行事，不过没有多大的发展，惭愧得很！至于现在组织义军，预备抗日，不但是继续我父亲之志，实在也因为外侮如此紧急，东省已在倭奴势力之下，应了我父亲的说话。亡国之祸，迫于眉睫，凡有人心的，莫不思攘臂奋起，去和敌人一拼了。但是我也不知道我的志向也是我父亲的志向，何时方能达到呢？还有我年赋双十，对于我父亲的第二件遗嘱，也未能做到，一向没有瞧见使我心上满意的人，好做我终身的伴侣，和我合着力一起去杀贼，称为爱国的志士而无愧。”

包人英这几句话大有取瑟而歌之意，启凡听了，如何不懂得，遂说道：

“你有了这个志向，总有使你得着安慰的日子的。”

包人英听了这话，却不说什么。此时二人并肩睡在枕上，包人英的头渐渐凑到启凡的耳边，鬓发在启凡的面上摩擦着，酥胸一起一伏，双眸仰视着帐顶，好似沉思一般。启凡瞧得很是清楚，隔了一歇，包人英又开口说道：

“在我部下的健儿，虽然都是骁勇之辈，而很少和我运帱决算的，不像启凡兄腹有诗书气自华，智识高尚，英才卓荦，可以计谋大事的。你是爱国的青年，能够舍却繁华的江南，到这天寒风猛、兵凶战危的地方来，拼着性命，加入义勇军，去和倭奴血战，你的人格、你的怀抱，实在使我佩服。天意使我们会在绥芬战役中萍水相逢，聚合在一起，也使我不胜快慰。”

启凡听了，笑道：

“承蒙你这样虚誉，令我惭愧之至。我的性命若没有你前来援救，早已做了沙场之鬼了。现在留得此身，还能够继续抗日，这岂是我始料所及的呢？我和包兄相聚好久，却觉得你慷爽英明，是个有为的青年，一些也看不出你的破绽。直到昨晚你酒醉后，忽然要同我睡在这个新床上，方始被我窥破真相，使我又惊又喜，想不到我平日敬佩的包兄，却是个巾帼英雄。有这种勇气，率领健儿冲锋上阵，和倭奴作战，岂是寻常的女子可以及到的？同时自觉得很是冒昧，很是抱歉，竟和你同枕共衾，如何是好？谅你不是寻常裙钗，不至于深责我的。”

包人英也笑道：

“这事若然讲出去，确乎有些荒唐，但我绝不怪你的，并且更使我十分钦佩你，见色不乱，愈足显出你的人格。不过我是个清白女儿之身，却和人家合床合被睡了一宵，抚衷自问，很觉羞惭，在我老母面前也有些交代不过。”

启凡道：

“我们虽然同睡了一宵，但是彼此光明磊落，并无苟且的事，良心上很安，况且此事只有你和我知，以后不必向人家道及便了。”

包人英摇摇头说道：

“你说得太轻松了，在我部下有一大半知道我是女子的，昨夜我和你同睡此间，我身边的人总知道的，我们虽无暧昧，但是人言可畏，他们总疑心我不贞了。我知道启凡兄尚无妻室，敢问你一句话，倘然像我这样的人嫁给你，你以为如何？”

包人英说了这话，双颊微红，对启凡瞧了一眼，又说道：

“我的性情是直爽的，你要笑吗？”

启凡不防伊说出这句话来，暗想：只有男子向女子求婚，没有见女子对男子这样爽爽快快说的，叫我怎好回答呢？继思自己确乎没有妻室，怪道伊前天曾向我问起的，也许伊早有此心了。我以前虽然有一个腻友，就是那个陶亚美女士，伊对我也是十分钟情的，可是我和伊也只有友谊而无爱情，倘然我和别人订了婚，对于陶亚美大概也无利害关系。此次我到关外来从军抗日，抱着匈奴未灭的思想，对于婚事早已不在心上，却不想到曲曲折折地会遇见这位奇女子。今日同睡在一床之上，而且这是一张新床，好像也是一个预兆，难得伊肯把终身许我，怎好反向她拒绝呢？况且伊曾救我的性命，对我又有一重恩德，伊又是一个抗日的同志，倘然我们结合了，能得合作之益的。所以他沉思良久，便对包人英说道：

“你是个女英雄，我十分佩服的，我自问无才无能，恐不足中雀屏之选。难得你肯这样直率的，愿意和我做终身的伴侣，我哪有不愿之理？不过有一层须得向你预先声明的，我们虽然订了约，正式地成婚须要待到抗日的工作告一段落，然后可以同圆好梦。因为我认为现在的事，不论什么，再没有胜过抗日救国的重要了，我所以弃了可爱的家乡和家人，跑到这个地方来，无非为的是抵抗倭奴，别的事都不足萦我之念。因此我要求你能够对我的说话同意，那就不生问题了。”

包人英道：

“你说得大义凛然，谁敢不从？依你的说话便了。”

启凡遂双手拥抱着伊，和包人英接了一个甜吻。阳光已射到帐上来，包人英忽然将启凡一推道：

“不好，我们只顾说话，忘记了时候已是不早，快些起身吧！”

启凡说声“是”，二人遂赶紧披衣下床，开了房门出来，洗面盥口。房门外两个护从的健儿见了包人英，立正了行军礼，面上却微微露着笑容。包人英虽然豪爽，却不知怎样的觉得有些害羞，偏了头走过去。用过早餐，遂吩咐部下一齐向前开拔。

出了郭村，向大青河绕道行去，早探得有一队日军渡过了大青河，正向狮子峪义军进攻。包人英便和启凡商议一过，决在黑夜悄悄偷过了大青河，向那进攻的日军后面攻去。

此时日军进攻狮子峪已有两天，钟克毅和部下死守不退，又死伤了许多，正在危急之际，忽然有这包人英的一支生力军从斜刺里杀来，日军出于不防，急忙分兵应敌，包人英要在启凡面前显出她的勇敢，所以在弹雨之下，亲自率领着众健儿向前猛攻。钟克毅得到消息，也带领段友虎的第二团出击。日军挡不住，吃了一个重大的败仗，只有少数人逃过河去。钟克毅乘胜夺了红螺集。

包人英和启凡战胜后，便和钟克毅的义勇军会合，启凡遂偕着包人英去见钟克毅。钟克毅见了启凡，又惊又喜，以为他是在绥芬早已战死了，想不到再能见面，急忙和启凡握手欢问。启凡便将自己和李正死守绥芬的情形，以及突围出走，到大华山和包人英的义勇军会合的经过，约略告知一遍，且问李正的一军可有消息。钟克毅摇摇头，叹口气说道：

“那一遭的惨败，言之痛心。李正倘然逃脱重围时，交通阻断，也不能回来了。”

遂又把苏阳战死阵上，第三团全行覆没的噩耗告诉启凡。启凡听了，十分惋惜，不知朱彦和南宫长霸的生死如何，大约也凶多吉少了。此时，谈虎、段友虎等都走来，启凡遂介绍包人英和众人相见，钟克毅等见包人英是个少年俊杰，和千金寨的葛人俊仿佛，很是敬重。且向他道谢援助之力，便留包人英在红螺集住下，大家商议此后抗日的计策。谈虎以为自己的兵力受了重创之后，未能恢复，械弹也缺少接济，现在只能守，不宜攻，且待部下补充就绪，然后可以再渡大青河，和倭奴决战。启凡也以为是，且说：

“我们义勇军要求和日军正式作战，力量还是薄弱，不能持久，以后当联合各路义军，分作数路，同时攻击，方才好使他们首尾不能相顾，而能获胜。”

钟克毅听了启凡的话，连连点头，遂告诉启凡说：

“卧虎沟王德林的义勇军勇敢善战，我们须要和他们联络成功，好收犄角之效。还有葛人俊那里，也要想法去重行联络。”

启凡很是赞成，计划定后，包人英便向钟克毅告辞，且要启凡一同回去，启凡一时难定行止，钟克毅对他说道：

“你到大华山去也好，一样是出力抗日的，请你帮助这位包君，回去后，训练部下，补充枪械，我们决定坚守大青河。将来倘有机会反攻时，可以通个消息给你们，一齐发动，复夺绥芬，重振声威。”启凡诺诺答应，遂跟着包人英，辞别了众人，带队回去。回到了大华山，照着钟克毅的话，将部下竭力扩充，设法收买枪械，待时而动。包人英且把伊自己和启凡面订婚约的事告诉了伊母亲，包母得婿如此，不胜欢喜，更把启凡特别优待。二人暇时促膝谈心，很是亲热，虽无鱼水之欢，而有胶漆之密。

光阴过得很快，已由春暮而至夏日。钟克毅等义勇军仍无时机发展，日军也守住绥芬，不来进攻。一·二八淞沪之战也早已终止，停战协定也已签字，东省虽然得到一些消息，却苦于不能详细。启凡心中好不焦躁，其时李杜、丁超等救国军在中东路区域，屡败日军，声势很盛。启凡想：时机已到，为何钟克毅那边不见发动？忽报红螺集有人前来，心中一动，便和包人英接见。来人送上一封书信，启凡拆开一看，乃是钟克毅请他们去商量出兵之事，遂先打发来人回去，自己和包人英立即跨马上道，赶到红螺集。和钟克毅等相见之后，大家正坐在司令部里商议，忽听天空中轧轧之声，知是敌机到来，他们也置之不理。因为日人每隔数天，时常有飞机前来侦探的，不过近来稀些罢了。

隔得一刻，听那机声愈响愈低，他们有些疑讶，大家走到外面，抬头一看，见一架铁鸟在空中盘旋着，渐渐落下，机尾上却没有红太阳的标志。钟克毅道：

“奇了，这架飞机是不是倭奴的呢？瞧它样子，好像要在此降落啊！”

正说着话，那架飞机已很快地向西南面空地上降落下来。钟克毅便吩咐一连义勇军戒备着，自己便和启凡、包人英、谈虎等众人迎上前去。远远地望见有三个人，正从机内走将出来，不像敌人。两边走近一看，启凡眼快，早瞧见来的是二男一女，当先一个男子正是朱彦，背后跟着一个英俊少年，却不相识，又向那女子细看时，不是别人，正是远在江南好久不见的胞妹启英，不觉使他惊呼起来，想他的妹妹怎会到这里来的呢，又怎会和朱彦遇见的呢，几乎令他疑心是在梦中了。欲知后事如何，且俟下回再写。

评：

奇迹发现之后，二人在床上娓娓谈话，不涉非礼，甚是难得。

包人英写来可喜可愕，至其家世，前回仅略述及之，今乃从伊口中补叙清楚。

写人英之父亦一老英雄，惜乎不得志于时也。

人英吐语非常慷爽，于是二人订婚矣！文章中略现喜气。

复夺红螺集后，天空忽来一飞机，而机中又见启英，写得非常突兀。

妙在前有一梦，几使读者又疑梦景矣！

第十五回

音书邮滞心忆关山
烽火宵深梦惊淞沪

当启凡从军出塞的时候，启英好端端地仍在海上过伊的日子，现在忽然坐了飞机到红螺集来，不但启凡心中惊疑，读者也要怀疑这位从天而下的女飞将军如何到此的呢？那么作者不得不把这里的事暂时丢开，且将启英怎样出关来的经过补叙一个明白，可知道确是真情，并非梦寐呢！

原来，启英自从伊的哥哥和朱彦等出关去投义军之后，究竟是同胞手足，时常惦念，只接到启凡和朱彦在北平发的一封书，以后却雁沉鱼杳，不见有第二封书信前来。明知道他们出了关，邮便是不通了，心中却暗暗祝祷二人能够顺利杀敌，不至于真的牺牲了性命。伊自己却在这妇女救国会里加紧工作，联络女界同志，同心抗日。其间曾经发起一个募捐大会，捐了不少金钱去接济东北义勇军和赈济东北难民，又组织妇女救国十人团，抵制仇货，劝各个家庭立誓不再购买东洋货。伊的主张以为日人一面侵犯中国的土地，一面却用手段仍和中国人民联络，表示友谊，好使他们的日货依旧可以在各地畅销，吸收了中国人民的金钱去制造枪炮，用来攻打中国。那么中国人不是出了钱帮助人家来残杀自己人吗？倘然细细一想，绝不肯再买仇货的了。无如一班人民缺乏智识，只贪价钱便宜，不辨货物的，可恶的又有许多奸商，偷偷摸摸去进日货，再把来改头换面，欺骗同胞，这种人只知利己，不知有国，良心早已丧失的了。所以，同胞须大家起来，严密监视，切实工作，务使抵制仇货可以有效，我们一时不能将兵力去收复失地，抵制仇货，断绝他们的经济，是一个最好的报复方法。倘然全中国人能够一致不买日货，和他们迸几个月，那么日人素来把中国当作第一大市场的，他们的经济一定要大闹恐慌了，所以，伊把这件事尽力宣传，认为他们可以做到的工作。

这时，上海抵制仇货也很热烈，调查得很厉害，一班奸商也只好暂时罢手。东洋商人一齐叫苦连天，但是他们并不醒悟这是他们军阀穷兵黩武所得到的结果，理当设法将满洲的事情诚意悔过好好儿早日解决，以谋中日两国的亲善，却反而以果为因，倒行逆施，要求他们的政府派遣第三舰队到上海来示威。中国人民愈激愈怒，抵制得更是厉害。日人的海军陆战队又上岸来，在北四川路一带游行，因此谣言渐兴，情势日见紧张了。

自从日浪人放火纵烧三友实业社工厂以后，日人又因我《民国日报》登载的文字诬称有侮蔑他们天皇之意，遂向我市政府提出牒文，要求五个无理的条件。其时，上海已充满着危险的空气，一班小民也人心惶惶，惴惴然恐怕战祸爆发，殃及池鱼。

这一天，正是一月二十八日，启英坐在妇女救国会的办事室中，披阅函件，忽听革履之声橐橐，走进一个女子来，穿着灰背大衣，烫着波浪式的云发，走进室来，正是陶亚美。启英连忙立起身来，上前和亚美握住柔荑，带笑问道：

“亚美姊，好久不见了，今天怎样前来?”

亚美说道：

“我一直要想来拜望你，前几天忽患流行性感冒，咳嗽很是厉害，经过西医诊治之后，渐渐痊愈，但是咳嗽还没有全止，所以好多天不出门了。启英的身体可好?”

说时，把手帕掩住口，微微咳了两声。启英遂请伊脱了大衣坐下，又说道：

“贱躯托庇安好，只是这几天时局越见紧张，看来此间难免要有战事发生。”

亚美眉头一皱，说道：

“是啊！我听说日本的海军陆战队跃跃欲试，伺隙而动，因为他们眼瞧着他们国内的陆军在东三省立下大功，耀武扬威，使他们动了歆羡之心，很想也要立些战功，以示不弱。好在他们以为中国畏蜀如虎，守土者只是不抵抗，不堪一击的。所以，他们的舰队接一连二地开来，他们的滥泽少将夸言于四小时内可以占领闸北，他们的浪人也到了不少，看了这种情形，战事旦夕便要发生了！”

启英点点头又道：

“十九难免的了，他们骄横非常，已操必胜之券。但我们的十九路军都是百战劲旅，并非别路老弱怯的军队，倘然倭奴进攻，他们必然不肯退让，要和倭奴一拼的。其实日人侮我已极，再不抵抗，寇益深入了。所以，我很赞成十九路军秣马厉兵，抱着尺寸土地不失于敌的宗旨，为国牺牲，轰轰烈烈地战他一场，也使日人不敢小觑我们。我想上海为各国通商要地，倘然战事剧烈，我们抵死不退，列强必要出来调解的。因为他们的商业也要受巨大的影响啊！唯恐我们的军队才一交手便退走，那就糟了。”

亚美道：

“战事倘然发作，我们闸北地方首当其冲，一班小百姓必受其殃。为了这个缘故，我们已将所有重要而值钱的东西运到租界上我姑母的家里存藏，我们说不定今晚也要住到姑母家中去，所以我特来告知你一声。”

启英道：

“你姑母家住哪里？”

亚美道：

“在亚尔培路五十六号，那边尚有余屋，我想租界上比较中国地方总安稳些，两边军队绝不致打到租界中来的。这几天租界上的旅馆满坑满谷，都住满了逃避的人了。姊姊，你没有看见今天早上宝山路一带，汽车、马车、人力车、小车载着男男女女、老老小小，以及许多箱笼物件，如潮水一般不断地都往租界中去，拥挤不堪，好似家家都在那里搬场，一看到那种形状，包你也要心慌意乱。不过恰逢废历年底，一班商人大感困难，一则年底生意不舍得不做，二则有许多账务都要收取，正是总结束的时候，要逃也不能逃，所以我父亲守着老店不肯走，我母也舍不得抛弃一家，也不肯走。他们只叫我和弟妹先住到姑母家中去，他们再要等到真正紧急的时候方才肯走呢！”

启英道：

“年老的人大都各有所恋，不肯轻易一走，其实……”

说到这里，却顿住了，不说下去。亚美道：

“日人所提的五个条件，倘然我市政府已一一答应了他们，或者暂忍一时，不来挑衅呢！”

启英道：

“这也难说，东洋人是难以理喻的。”

亚美双眉紧蹙，默然无语。隔了一歇，又问启英道：

“令兄和那位朱先生，近日可有消息吗？”

启英摇摇头道：

“没有，他们到了那里，已和本地阻隔，哪里可通音问？除了特派人来报告消息，别无他法可想的。近日我读报，见东边的义勇军和日人抗战得很是激烈，不知他们或安或危，我心里也惦念得很。”

亚美道：

“但愿他们杀贼胜利，他时还有相见的一日。唉！国势弄到如此的危险，然而热心救国的志士却不可多得，能无痛哭流涕？像令兄等正在少年，却情愿抛弃了家乡，出关去投义军，爱国热忱，真可使一班怯弱的民众闻风而起，他们即使不幸而牺牲性命，然而求仁得仁，也没有怨了。”

伊一边说，一边眼眶子里早有晶莹的泪珠将要夺眶而出，勉强忍住了，别转头去。启英也觉十分黯然。这时，忽听写字台上的电话铃大响，启英忙过去接了一听，只听伊说道：

“谢谢你，今天我一则没有心绪，二则也有好友在此，恕我不能前来，请你不要等我。”

说罢，把电话放下。亚美忙说道：

“启英姊，莫非有人请你吃饭吗？你尽可前去，我是不客气的，就要走了。”

启英道：

“且慢，你是难得来的，今天我同你出去吃饭。才打电话来的是我的朋友晏子佳，这人很是讨厌，时常把不相干的事来托我，而且常常要来请我吃饭，你越是不和他亲近，他偏要来亲近你，何以这样不识时务的男子多得很啊！”

亚美也笑道：

“不错，这种人我们不好对他稍示一些亲善的，他们便要做缠夹二先生，想到不知哪里去的。”

说得启英也笑了。二人又谈了一刻话，外面壁上的自鸣钟正敲十二下，启英便立起说道：

“我请你去吃饭吧！”

亚美道：

“你既然诚心请我，我也老实不客气了。”

启英道：

“好！我们本来不用客气的，我的性子最喜欢直爽。”

遂披上一件黑呢大衣，戴上皮手套，取了一只钱夹。亚美也将伊的灰背大衣穿上，二人一同走出会来，也不坐车，从昆山花园路走到四川路，其时四川路上形势已十分紧张，捕房里加派中西探捕，在那里维持秩序。有日本海军陆战队编成的巡逻队在那里分队逡巡，背着枪，挺胸凸肚地走着，好不威风。二人见了，十分气闷。再走了数十步，启英指着左边一处酒楼说道：

“我们就到这里面去吧！”

亚美抬头一看，见有“琼花楼”三个大字，跟着启英踏上阶沿，推门进去，早有一个衣服清洁的侍者带着笑脸，招呼他们进去。二人走上楼梯，来到一间小室中坐定，早有侍者送上手巾，献茶上来，问启英用什么菜。启英和亚美各点了几样，叫侍者赶快去预备，侍者答应一声而去。亚美见四边陈设精雅，器物清洁，便问道：

“这里姊姊是常来的吗?”

启英点点头道：

“虽不常来，却是很熟的，这是四川馆子，我觉得比较本地佳美川菜馆，价廉物美，所以我常陪朋友来这里吃，也是为了近便的缘故。”

不多时菜已送上，二人并不喝酒，所以就吃了。这样用过午餐，略坐一歇，启英还了账，二人便走出琼花楼来，却见人行道上有一群报贩，挟着许多报纸，飞也似的奔来，口里喊道：

“阿要买刚刚出版的号外。”

亚美遂摸三个铜元，买了一张，和启英立着共看。只见上面有很大的字，登着市政府业已答复日领所提出的条件，一一拟允，日领也认为满意，形势稍松。报上的论调似乎以为战事或可幸免，一时不至于决裂了。亚美看了，对启英说道：

“这样想日人已得满意的答复，或者一时不至于用兵了，只是我们也太可怜了，到底屈服，大概当局的也怕战祸发作，所以含垢忍辱，都答应他们了。此后日人在沪，更要志得气扬，不可一世，有什么公理呢？也只有强权而已。我们的中国充满着耻辱，不知何时方能洗涤，好不可恨。”

说毕，叹了一口气。启英却不说什么。亚美又向伊说道：

“瞧这情形，战事还不致即起，我就要回家去走一遭了，我也怕住在人家的。”

启英道：

“现在的情势一时也难以说定，我劝你既然出来了，何不索性住上几天？看看形势再说。这几天我也是住在外面，没有回家去，并且已吩咐家人，倘遇风声紧急，早些避往乡间。因为战事若然扩大，江湾也难免要遭殃的。”

亚美点点头道：

“姊姊的话也不错，我回家去探听探听，再作道理。因为我的父亲和保卫团里的人熟悉的，倘然形势缓和，我就住在家中，万一消息不好，傍晚时我可再走。”

启英见亚美一定要回家去，也不能硬行留住，遂握着伊的手道：

“那么请你们小心些。”

于是亚美别了启英，雇了一辆人力车，坐着回去。启英一人走回会里去了。

亚美坐在车上，来到火车站那边，只见宝山路上依然有许多车辆拥向界路这边来，望北去的车子却很少。回到家中时，却见伊母亲正和下人忙着裹粽子，见亚美回来，便道：

“亚儿，怎么你回来了？”

亚美道：

“我因为思念母亲，又闻风声稍好，所以回家。倘然没有事的，我情愿住家里。”

亚美的母亲道：

“不错，你父亲方才回来告诉我说，我们的市长已答应日本人的要求，希望在这年里不致有战事了。我也说还是我们中国吃亏些吧，他们在我境内动起手来，我们小百姓便要遭难了，横竖东三省已送去，何在乎此区区的闸北呢？东洋人若来，我们让给他做了租界，也是一样的。否则，英租界、法租界地方很大，也不是以前我们让给他们的吗？现在乐得做了租界，太太平平，不然为什么大家都逃避到租界上去呢?”

亚美听了伊母亲的说话，冷笑一声，也不去和伊多辩，走到楼上看书去。黄昏时，陶守成回家，一见亚美，便惊问道：

“小姐，我叫你们住到租界上去的，怎样你又回来呢?”

亚美道：

“我因听得我们已答应了日人的条件，可以无事，所以回来的。”

守成摇头说道：

“事体也说不定，未可乐观，倘然过得过几天倒好了。”

亚美的母亲道：

“那么亚儿快些坐了车子去吧!”

守成一顿脚道：

“呸！此时早已戒严，还好走出去吗？只好明天送伊去了，但愿今夜无事。”

亚美给伊父亲这么一说，心里却又有些害怕了。晚餐后，坐在房里，不敢睡眠，拿着一本小说看看，然而心绪不宁，也觉得不知所云，抛下了。又取过启凡的小照，对着他呆呆瞧了一会儿，手托香腮，这样沉思着，一颗心却又飞到关外去。不知不觉已是半夜，四面空气十分沉寂，忽听东南角上起了一阵噼噼啪啪的响声，使伊吃了一惊，心头好似小鹿乱撞，嘴里咕着道：

“是枪声啊!”

身子却在室中不停地打转。此时，伊父母和家人也从睡梦中惊醒，都起来了，都说：

“不好了！东洋人果然动手了。”

枪声跟着一阵一阵地紧密，夹着机关枪、小钢炮的声音，闹成一片。大家面上都是变色，亚美的母亲却说道：

“我们往哪里逃呢?”

守成道：

“不要慌，此时要逃也来不及了，快闭着门不要出去。”

遂又推窗一望，只见东首火光冲天而起，枪声益发近了。守成虽然镇静，却也十分惊恐，忙叫家人快快下楼躲避。欲知后事如何，且俟下回再写。

评：

前回写至启英坐飞机而来，奇峰陡起，此回却偏不直接写下，又从海上方面叙述，盖如此则局势平衡，两面顾到也。

一·二八沪战起始前之紧张情状，写来如绘，日人黩武喜功，可见一斑。十九路军之起而抵抗，凡有血气者莫不表同情也。

闸北诚为危险之地，亚美既已避出，而复走入，殆有数耶?

第十六回

逞兽行倭奴违人道
任护务闺秀慰伤兵

大家下了楼，守成又叫下人取过几条棉被来，用水浸湿，吩咐大家每人各取一条，把来裹在身上，钻在桌子底下，以避流弹。亚美裹了一歇，觉得很是闷气，便说道：

“我不要裹这劳什子了，怪闷气的，倘然炸弹下来时，也是无用。”

守成一定要伊裹上，说道：

“总比不裹好些啊！”

亚美只得裹着，耳边只听连珠不绝的枪声，还夹着钢炮的声音，心里暗想：我本来已和弟妹避到租界上去了，怎样一时没有主张，听信了报纸上的说话，依旧跑了回来，现在果然发作了。倘有差池，岂非自投罗网？悔不听启英之言了。守成也在一边说道：

“可恶的东洋人，我们已答应了他们的要求，他们却依旧要来扰乱，可恶可恶，但愿我们的十九路军一齐奋勇，早把他们打退，免得糜烂地方。现在听那枪炮声，大约在天通庵路一段，和此处很近的。”

亚美抖着道：

“希望他们不要冲过来才好。”

亚美的母亲口里却喃喃地念着《高王经》，两个下人也吓得缩作一团，二十四个牙齿只是作对儿地厮打。隔了一歇，却听得火车站的那面枪声又起。守成又惊道：

“完了完了，他们又来攻打火车站了，那么我们夹在中间，难以逃走了。还有我们的店里不知怎样呢！我叮嘱管账的王先生，叫他们能好好当心的，不知他们要不要受害呢！”

亚美的母亲道：

“年近岁底，被他们这样一动手，我们店里放出去的账都要收不着了。”

守成长长叹口气。亚美暗思：自己的性命正不知怎样，还要顾什么账不账呢？大家又静听着四边的枪声，比较初听时倒来得胆大一些。直到天明时，枪炮声音渐渐稀少，好似两军罢战的样子，但是天空里轧轧之声，震耳欲聋。守成和亚美跑到天井里一看，只见许多飞机在天空中盘旋飞绕着，飞得很低，机尾上都有红太阳的标志，乃是东洋人的飞机。跟着又听远处轰隆数声，乃是东洋人掷的炸弹，在那里爆发。守成父女吓得连忙躲进屋子里去，同时又见四处黑烟，一缕一缕地涌起，乃是飞机掷的燃烧弹，把这里的民屋烧起来了。不知外边情形如何，一夜恶战又不知谁胜谁负，飞机却在上面飞个不停，大约战事尚未告终。守成又不敢出去探听，大家面面相觑。

惨淡的阳光照进室中来，不觉已有十点多钟了。守成腹中觉得有些饥饿，便叫下人到厨房里去烧早饭，大家吃饱了肚子再说。然而亚美和伊的母亲哪里咽得下去呢？守成也勉强吃了一碗，还是两个下人吃得最多。亚美只催促着伊的父亲快快想法逃生。

挨到下午一二点钟时候，守成大着胆，从后门里溜到外边察探动静，恰见里中有七八个邻人扶老携幼地逃出弄口去。守成遂向一个男子探听，方知昨夜日本海军陆战队乘夜进攻闸北，我十九路军七十八师坚守不退，两边血战一阵，我军作战骁勇，将他们驱回租界。虽然我们胜利了，可是日人吃了败仗，岂肯甘心？早晨就派飞机出来轰炸，现在有数小时的停战，可以趁此当儿赶紧逃走，如再延迟，便要逃不出了。守成听说，连忙跑回家中，知照家人快走，好在贵重的物件早已运走，此刻也不必携带东西。

守成夫妇和女儿亚美，以及两个下人，一齐怀着鬼胎，开了后门，溜出里口来。见马路上沉寂如死，充满着恐怖的空气，远处有一缕一缕的黑烟在天空中飘荡着，好似几条乌龙。亚美道：

“我们往哪里逃呢？”

守成道：

“方才我瞧见他们向火车站那边跑的，大约那边无妨，我们赶快走吧！”

一边说，一边自己当先引导，沿着马路走去。见那边小弄里也逃出许多人来，背着包裹，形色仓皇，也是逃难的。守成等和他们合在一起，向前紧紧赶路，恨不得一口气到了安慰地点。他们一群人好似耗子一般，正提心吊胆地走着，忽然背后枪声又起，前面也有了枪声，立刻紧密起来。守成惊喊道：

“哎哟！不好了，他们又开火了。我们夹在中间，逃到哪里去呢?”

众人一齐哭喊起来。子弹嗖嗖地从头上飞过，守成忙喊伏下。其时，大家已吓得不成样子，四处乱跑。守成没奈何，和他妻女趴在地上，向前逃去，却听背后如夺雷一般的，马路上冲来两辆坦克车，车上都是日兵，开着枪炮，杀到前面去了。前面顿时噼噼啪啪的枪炮声音，闹成一片，背后又赶到七八个日本的海军陆战队，手里都托着步枪，狰狞可畏，见了许多难民，冲上前来，把枪刺乱搠。

这时，守成等大家顾不得了，各逃性命，亚美拖着伊的母亲，逃到右边一个弄堂里去。却被两个日兵瞧见了，大吼一声，好似猛虎扑羊地追进弄中，打着华语道：

“不要走，不要走!”

亚美回头见有两个日兵追来，这弄堂又是不通的，无处躲避，魂灵早吓得飞去天外，似风瘫一般，休想动得半步。一个日兵早伸出巨掌，将亚美一把拉住说道：

“小姑娘，你跟我回去，待我们搜查一回，看你是不是奸细。”

亚美吓得面如土色，只得硬了头皮央求道：

“我们都是良民，并非奸细，求你们放了吧!”

那日兵对伊相视了一下，笑嘻嘻地说道：

“我不信，必要搜查的，你快把衣服解开。”

亚美怎肯答应？仍是哀求，亚美的母亲也在旁边流泪哭求。背后的一个日兵也走上前，把明晃晃的刺刀向亚美扬扬道：

“快脱快脱，我们要动手了。”

亚美只得把外面的大衣脱下，交给日兵，日兵向衣袋里看了一看，抛在地上说道：

“再脱！”

亚美没奈何，又把身上一件羊皮旗袍脱下来，露出里面玫瑰紫色的绒线衫。日兵哈哈笑了一笑，喝声：

“再脱！”

亚美道：

“实在没有藏什么东西，我是一个女子，不能再脱了，请你们顾全人道主义，饶恕了我们吧！”

日兵道：

“讲什么人道主义？你们中国人也算得人吗？”

亚美的母亲把手上戴着的一只一两多重的金镯，以及身边的一叠钞票一齐奉献给日兵说道：

“你们拿了这个东西，饶了我们的性命吧！”

日兵接过去，把一叠钞票递给他的同伴，把一只金镯却塞在自己的袋里，又对二人说道：

“我们并非必要你们的性命，不过总要检查一下的。”

又对亚美喝道：

“快脱！快脱！”

一个日兵且把刺刀照准着亚美的心口，尽管威吓。亚美只得又把绒线衫脱下，只剩一件贴身的羊毛绒衫了。天气真冷，周身抖得如筛糠一般，颤声说道：

“你们看吧！实在没有什么东西。”

日兵道：

“再脱！你不肯脱时，我代你脱。”

说罢，走上一步，要来解伊的纽子。亚美将手一拦，别转身去，喊一声“救命”。亚美的母亲在地上连连磕头求饶，一个日兵飞起一脚，早把亚美的母亲踢在一边，口里只是哼着。那日兵笑嘻嘻地来摸亚美的双乳，亚美见日兵如此野蛮无理，已拚一死，遂竭力挣扎，大声骂道：

“倭贼，你们休得侮辱我，我是宁死不屈的。现在要了我的命去吧！转瞬你们这些倭贼都要死在我们十九路军手里的，倭贼休要无礼!”

此时，亚美存了死念，不知从哪里来的勇气，伸起纤手，向日兵面颊上掴了一下。那日兵不曾防备，吃了一下耳巴，又听伊破口咒骂，勃然大怒，两柄雪亮的刺刀同时刺进亚美的胸口，鲜血直射，扑地倒下，可怜的亚美就是这样地牺牲在兽兵淫威之下了。那两个日兵杀了亚美，口里叽咕了两声，却回去作战了。

亚美的母亲倒在一边，眼见自己的爱女这样惨死，心里又是悲伤，又是惊吓，早昏晕过去。良久醒来，天色将暗，外面枪炮声兀自未息，伊爬到亚美血泊中，见亚美胸口两个窟窿，鲜血还在那里流出来，双眼圆睁出，十分凄惨，料想伊也死不瞑目，遂又大哭一场。天色已黑，伊也不想逃生，情愿伴伊的爱女一同死在这里了。在这夜里，亚美的母亲横在亚美死尸边，哭一阵，骂一阵，心里充满着悲伤和怨恨，也不觉害怕了。

直到次日天明，十九路军和日本的海军陆战队血战了一夜，大获全胜，杀伤了许多日兵，把他们驱逐回租界去。老靶子路的日兵司令部也被我们攻破了，日兵只得暂时停战，专待援兵到来，再行反攻。

在这时候，十九路军在闸北火线中救出许多老百姓来，亚美的母亲也在他们救护之列。当有一个兵士护送伊走的时候，亚美的母亲死也不肯离开这里，告诉兵士说，自己的女儿被日兵杀死，非常惨痛，这条老命也不要了，情愿死在这里不走了。又对兵士磕头，要求他快些去杀东洋兵，代自己女儿复仇，那么恩德无量，公侯万代。那兵士见了这个情形，究竟是自己同胞，心中一阵凄酸，险些也落下泪来，勉强忍住，向伊解劝道：

“人死不能复生，你还是走了吧！稍停又要开战，要跑也跑不掉了。至于你女儿尸首，此时虽无法收拾，不久便有红十字会运去掩埋的。我们必要尽力去杀敌兵，代你们报仇。”

便将亚美的母亲硬拖出来，交给救护队，送往后方去，问清了伊的来历，方才想法送伊避到租界中去。亚美的母亲遂坐了车子赶到亚尔培路伊的姑姑家中来，却见守成已逃在这里，便抱住守成，大哭大跳，将女儿惨死情形断断续续地告诉一遍。守成也是十分伤心，号啕大哭，亚美的母亲哭得尽在地上打滚，良久方才被人解劝住。从此，伊每日哭哭啼啼，听见炮声便骂东洋兵，渐渐变成了疯癫。守成又深知自己的店铺也被日人掷了燃烧弹烧个精光，半生辛苦，尽付东流，心中说不出的难过，只是长吁短叹。恰巧启英赶来探问了。

原来，启英自从那天看亚美回家去后，觉得在这时候，闸北地方总是很危险的，很代亚美顾虑，便在这夜听得枪炮声，知道事情不妙，下半夜一直没有睡着。天明时又听空中轧轧的声音，好似雷响一般，跑到天井中一看，见有十多架日本飞机飞在天空中，分作三队，往来翱翔，连忙出去探听，方知日兵已在昨夜进攻闸北，和十九路军开火了。此时，租界上也充满着非常恐怖的空气，北四川路直到虹口一带，到处是日兵的陆战队，形势十分紧张，许多中国百姓纷纷逃避，听说有些都被日兵掳去。日兵最恨的是穿西装的少年和学生装束的男女，因为他们知道这些人是反日最激烈的，碰到了日军手里，一定不肯饶恕。启英暗想：现在自己所住的会中，虽无妨碍，然这个会是著名抗日的，地方又和他们很近，说不定随时要有危险发生，不如见机而作，趁早远避，自己朋友中戴剑霞是住在法租界福煦路，那里比较稳妥些，不如就去吧！想定主意，遂收拾收拾，带了重要的文件，雇了一辆汽车，开到福煦路去。且知照看管会所的下人，叫他在紧急的时候，也早些逃避。

启英到得戴家，和剑霞相见后，剑霞家中也早听得开火消息，十分吃惊，料想自己住在租界上，或不至于遭殃，便请启英在伊家中住了。启英想起自己家中，非常挂念，现在虽未波及江湾，但是日军若然攻不下闸北，必要去攻吴淞炮台，那么江湾也保不住平安了。自己虽然曾叮嘱家人，倘然风声紧急，早些走避，想仆人金福是多年的老家人，必能顾虑到此的。只可恨交通已断，不能回去看看光景如何，深悔也没有早些把他们迁移。不过老祖母不知外边情形，不开火的时候，伊又怎肯早走呢？想到无奈何时，只希望战事不致扩大，江湾便可无恙。因为外间盛传英、法领事有出任调解之说。

这天晚上，只有少许枪炮声，也许有停战的可能性。启英这样地痴望着，谁知日人正在等候援兵，援兵一到，又大举进攻了。幸亏十九路军沉着应战，又把日军打败，然而闸北已成一片焦土了。吴淞炮台那里也有日本的飞机和军舰前去攻打，情形十分紧急。那时，上海各处已组织伤兵医院，前线许多伤兵陆续运来医治，各界人士并组织救护队，还有童子军、学生军、义勇军一齐到前线去工作，人民大家捐出钱来，接济饷糈，民气十分激昂。启英便和戴剑霞商量说：

“同是国民，在这危急的时候，该出去做些工作，不然便是甘心坐候做亡国奴了。”

剑霞也赞成启英的意思，二人遂决定去投身伤兵医院中服务，每天穿了看护的衣服，轮着班次去侍候伤兵。在那里大家闺秀也有，女学生也有，她们已觉悟了，都是自己情愿牺牲精神来后方服务的。伤兵得到这种精神上的安慰，十分愉快，恨不得早些好了，重至前线杀敌。

有一天，启英和剑霞正落班休息，忽然院中人来报称，外面有客人求见二位小姐，二人不知是谁，遂走到外边来宾室中一看，却是晏子佳，启英心中不由一怔，但见他形容十分憔悴，和平日的情形大不相同。见面后，剑霞先说道：

“对不起，这几天一则外边发生了战事，心绪不宁，二则现在我已和启英姊在此服务，所以没有工夫到府上来教令妹补习了，恕我没有通知。但是密司脱晏怎会知道我们在这里呢？”

晏子佳道：

“今天我到府上来拜访你，方知道女士和这位密司陈同在这里，所以到此。”

剑霞道：

“不知密司脱晏可有什么事情？”

晏子佳将足一顿道：

“我来报告一个恶消息给你们知道啊！”

二人听说有恶消息，齐吃一惊。欲知后事如何，且俟下回再写。

评：

写陶家逃难时狼狈情景如绘，倭兵之惨无人道，于此可见。读至此，无有不怒发冲冠者。

亚美之结果，凄惨之至，然保得白璧无瑕，差慰人意。当沪战时，吾国妇女受敌兵奸淫而死者甚多。呜呼！此仇此耻，何日报复洗除乎？

启英暂避戴家，遂得与晏子佳重晤。于是知前者介绍戴剑霞，非闲笔也。

恶消息果为何事？读者试掩卷猜之。

第十七回

输家财无限愤痛
闻噩耗满怀悲哀

启英听了，忙问道：

“密司脱晏，你所说的恶消息是怎么的一回事？”

晏子佳道：

“你们可知道我的父亲失踪吗？”

剑霞道：

“怎么尊大人会在此时失踪的呢？请你坐了告诉我们吧！”

于是三人坐下了。晏子佳叹了一口气说道：

“在一·二八的晚上，闸北开火以后，我父亲在家中非常忧虑，因为我父亲在虹口地方开设一个中华百货公司，规模很大，资本很重的，最近他又进了一大批货，恰逢战事发生，他老人家很不放心，所以要想跑到那里去探视一下，想个安全的办法。我因为那里正在日人势力范围之中，听说日兵见了华人，不是杀害，便要拘捕，若到那里去，无异投入虎口，十分危险的。我父亲却以为虹口那里有许多日本的商人和他认识的，并且有一个好友名唤寿田，也是日侨中著名的领袖，所以可以冒险前去的。我说：'无论如何，去不得的，日人性情狡猾，靠托不住的，即使有人肯帮你的忙，在这军事状态之时，有许多也是无能为力的。'我父亲总不以为然，他别的不发急，只悬念着他的商店。在下午时候，恰巧我出去探听消息，傍晚回家，不见了我的父亲，不知他到哪里去了，我们十分发急，便到各处去探问，方知我父亲是到虹口去视察公司的。我就知道父亲恐有不测了，果然一夜没有归来。明天我就托人到虹口去寻找，虹口公司里的人也大半逃回来了，都说在那里日兵大捕华人，稍有违抗，便遭枪杀。我父亲明明是赶到那里去的，却没有到得商店，并且一日一夜不见归来，有些凶多吉少了。我遂打电话给日人寿田，托他设法搭救，打了三次电话，方才和他讲明白这事。他立刻答应到他们司令部去访寻，如被日兵俘掳得去，一定要设法援救使他生回的，但是等候了一天，并无佳音。第二日的早上，寿田亲自赶到我的家中，说他整整跑了一天，各处都去访问到，没有下落，都说不见此人，所以无法帮助，只好慢慢再行留心调查了。我也没奈何，只得又托他再想方法，谁知到今日仍无消息。外边传说我父亲早被日兵杀死，尸首投入黄浦江中，我也相信这句话，我父亲十分之九是被日兵杀死的，倘然存在的话，那日人寿田必能找见他啊！唉！我父亲辛苦一生，却如此惨死，我与日人有杀父之仇，此仇不报，非为人也！"

说罢，两手握着拳头，似乎不胜愤怒。启英暗想：晏子佳的父亲晏苟得本是个为富不仁的商人，他平日和日人十分结纳，往返甚密，也是个亲日的奸商。人家抵抗仇货，他却暗中偷进仇货，借此图利，只贪钱，不爱国，这种人本来可杀，现在他却死在日人之手，真是天理昭彰，死有余辜了。剑霞也想晏子佳的父亲可称得贪夫殉财，他已有了许多家产，却还是持筹握笔，孜孜为利，不顾人家唾骂，暗进仇货，献媚日人。今日身死，也是为着丢不下虹口的商店的缘故。假若他不贪钱财，不识日人，他也绝不至于到这地方去，现在的惨死也是自种其因、自食其果罢了。但是，当着晏子佳的面，不好说这些话，二人只能安慰了他几句。晏子佳又说道：

“现在我觉悟了，自知以前的行为很不对的，国难临头，一步紧一步，中国人倘然再不起来，共同挽救，外侮一步一步地紧迫，火烧到眉毛上来，国家真的将要灭亡了。皮之不存，毛将焉附？国家倘然亡了，还能保得住家吗？而我觉得我们中国人富有之家，反多不肯慷慨捐输，而平常的人倒肯努力捐助的。这是一个亡国坏现象，我家虽不能称首富，却也有百十万家私，我父亲有三十万现洋都存在外国银行里。现他死了，一切家私都传给我了，换了以前的我，欢喜不遑，然而现在却只觉得十分抱憾。我可惜我父亲在他生前没有做一个民国的卜式，把他的家财去输助给国家，为抗日之用，也没有捐过整万的钱去赒济灾民，自己也没有受过什么享用，尽把来传给子孙，正是为子孙做牛马，而且他此番的惨死，也不过是为了虹口一家商店的缘故，所以我觉得他死得不值，深有余憾。我是他的儿子，应该想法把他的遗憾补去。”

二人见晏子佳说到这里，义形于色，启英便问道：

“你说得很对，使我们深表同情，不知你对于尊大人的遗憾怎样补啊？”

晏子佳道：

“我就将我父亲存放在外国银行里的三十万款项一起去取出

来，将十万元捐送给十九路军，以坚固他们杀敌的志愿，十万元捐给红十字会设立的伤兵医院，五万元捐给东北义勇军，五万元预备购买军用品以及食物，送到前敌去，这样也算为国家出些力，且以赎我父亲生前的罪愆。好在我虽然捐去了三十万，而估计我家的不动产尚有数十万，尽可过我一生。此后我还要从制造实业方面着想，务使我所有的钱财都用在利国利社会的途径上去，那么也不枉我父亲辛苦了一世，他虽然死在九泉，也可无憾了。”

启英听晏子佳如此说，便向他再问一句道：

“密司脱晏，你的说话是否决定？要不要反悔？”

晏子佳毅然说：

“我已决定这样办了，有何反悔？”

启英便对他一鞠躬道：

“密司脱晏，我佩服你有这很好的志愿，希望你快去实行，那么尊大人虽死不死了。”

晏子佳从来没有受过启英这样敬礼的，真使他受宠若惊，心里说不出的悲伤惊喜，酸呀，甜呀，辣呀，苦呀……五味皆备，于是又和启英、剑霞二人谈了好一刻，方才告别。临行时且许对于此间的伤兵医院特别再捐三千元，缓日送来，即交给启英。启英又谢了，送至医院门口，看晏子佳坐上汽车而去。二人回进去的时候，启英对剑霞说道：

“晏子佳本来是个纨绔少年，不配谈什么爱国，不料他现在改变得竟是这样快，若非他父亲死在日人手里，我想他不见得就有如此的觉悟的。他这样慷慨输财，代父弥补缺憾，是最好的方法了。我又希望别的拥有资财之人，大家都要如此爱国，莫待祸患临到自己身上方才醒悟啊!”

剑霞点头说是，二人因此又多了一重慨叹。隔了两天，晏子佳果然送上三千元来了，启英便将这款项去交给院长，取了收据，还给晏子佳，又向他重重道谢。晏子佳又说，他父亲的三十万存款业已取出，一一照前天自己所说的捐输去了，启英和剑霞遂极口称誉他。晏子佳心上很觉得安慰，告辞而去。

启英见晏子佳这样改变得很快，心里也大大感动，可知一个人不受刺激，绝不会醒悟。伊又想起陶亚美来，这几天闸北早已打得不成样子，不知伊家中如何？想着亚美曾经告诉伊说要寄住在伊的姑母家里，似乎是在亚尔培路五十六号，何不抽出一些工夫去望望伊？但是听说日兵在昨夜曾进攻江湾，自己心中也很不安宁啊！于是伊在下午四点钟的时候，坐了车子，赶到亚尔培路，寻着了五十六号，推门进去询问。恰见亚美的母亲正立在天井里，仰看着天空喊道：

“不好啊！日本的飞机又来了。我们快些逃命，他们要掷炸弹了。”

其实天空中并没有什么铁鸟。启英遂向伊叫应道：

“陶伯母，亚美姊呢？”

但是，亚美的母亲对着伊直着眼睛，并不答应，好像不认识伊的一般，双手抱着头，又喊道：

“日本人杀来了，快逃快逃!”

奔进屋子里去了。启英瞧这情形，觉得有些奇怪，跟着步入，又见一位中年的妇人坐在那边，便上前点头问话。那妇人便是亚美的姑母，见有一位小姐到来，不知伊要看何人，也起身来问。启英一说之后，伊方才知道这是亚美的朋友，便叹了一口气道：

“你要找亚美吗？可怜伊在那天日军进攻闸北之时，死在日军手中了。”

启英听说，突地一跳，不觉说道：

“哎哟！亚美姊果然死了吗？唉！那天我不该放伊回去的。”

一边说，一边眼泪已像断线珍珠一般落下来。那时，亚美的母亲忽又对启英相了一下，立刻对启英跪下去哭道：

“你不是陈家小姐吗？可怜我家亚儿已被日兵刺死了，你快快救救伊啊！”

启英连忙将伊扶起，揩着眼泪说道：

“伯母不要悲伤，亚美姊怎样死的呢？”

亚美的母亲听了，说道：

“亚儿是死了，但我已请十九路军去把凶手捉住，代我女儿报仇，你看，十九路军押着那两个东洋倭贼来了！很好很好，你们快拿刀来，我要把他们开膛破肚。”

说着话，将手指着门外，又向亚美的姑母要刀。亚美的姑母便告诉启英说，亚美的母亲因为伊女儿惨死的缘故，悲伤过度，坏了神经，现在已成了疯癫了。又请启英坐了。将亚美一家如何逃出火线，亚美如何被日兵杀死的情形，约略告诉一遍，大家泪眼相对，充满着悲伤和愤恨。亚美的母亲又大嚷起来道：

“你们快瞧，亚美从天上走下来了！”

说罢，展开双手，跑到天井中，做出搂抱的样子。一会儿，又大哭大喊道：

“不好了，东洋倭贼又杀来了，你们再要把我的女儿杀死吧？好残忍啊！”

滚倒在地上，大哭起来。亚美的姑母皱了眉头说道：

“这样闹法如何是好？稍停守成回来了，只好请他把伊送到疯人院去了。”

遂同一个女仆将亚美的母亲拉起，一个推，一个拖，要关伊到楼上去。启英不忍再看这种情形了，遂向亚美的姑母告辞回院。伊在路上的时候，回思前情，不胜黄垆之悲。记得那天自己和亚美曾在琼花楼同用午餐，伊已经避到租界上来了，却又跑回去送死，照一般人的推测，总以为命该如此，其实伊殉身国难，若没有外侮发生，好好的亚美没有生病，何至于死呢？唉！像亚美的人也很多，我同胞受倭奴的蹂躏，思之痛心，这样的大仇不知何日能复呢？可怜的亚美，想不到那天一别，便成永诀，今生再也不能见伊的面了。琼花楼真是个不祥的名称，若给我哥哥知道这个噩耗，他的心里又要怎样的悲悼呢？伊这样地想着，车子早已到了伤兵医院门前，停了下来，启英下车付了车资，走进院去。院中电灯已全亮了，却见剑霞立在回廊边，伸长着粉头，正向外盼望，一见启英回来，忙走上前说道：

“启英姊回来了！”

启英道：

“你在此等候哪一个？”

剑霞道：

“等候你啊！你家中有人在此，我不知你走到哪里去的，找你不到呢！”

启英听得家中有人前来，心里一跳，不及回答剑霞说到亚尔培路去的，忙问道：

“在哪里啊？”

剑霞道：

“便在后边诊病室间壁的客室中。”

启英连忙飞步赶过去，剑霞也随在后边到得客室里，启英一眼早瞧见伊家中老下人金福的儿子小金呆呆地立在那里，便知道事情不妙，一脚踏进去时，便问道：

“小金，你来作甚？家中可安吗？你的父亲呢？”

小金颤声答道：

“二小姐，大事不好了！”

启英听得这一句，不觉玉容立刻失色，遂道：

“怎样不……不……不好？老太太和小少爷呢？”

小金带着哭声说道：

“他们都死了，我父亲也死了，可恶的东洋兵！”

启英骤闻惊耗，耳朵中金声乱鸣，眼睛前火星乱迸，一阵晕眩，几乎要跌倒下去。剑霞在后边抢上数步，把伊抱住。启英早伏在大菜台上，昏了过去。剑霞喊了两声：“启英姊，启英姊！”启英哇的一声哭了出来。小金见启英哭泣，也就频频拭泪。剑霞虽欲相劝，也不知怎样说法，连伊也止不住泪珠直落。启英哭了一会儿，便问小金是怎么一回事，小金遂告诉伊说：

“前天日军因攻闸北不利，便有进犯江湾的消息。我父亲因受小姐的托付，遂和老太太说明情形的危险，要请老太太和小少爷一同走大场，到乡下去暂避。老太太拿出一副牙牌来，求了一个签，得‘中平’两字，便说：‘在此可以无妨，且慢些走。’老太太实在舍不得抛弃家园，我父亲没法，只得听伊说话，暗中却把要带的物件预备好，一遇紧急时，便可脱身。谁知那天夜里，日军果然来攻江湾了，两边在车站附近开火，一夜的枪炮声才把老太太吓得也愿走了。我父亲到外边去探听了一会儿，知道日军没有进攻，尚有路可走，遂告知老太太，刚想带了小少爷等一齐动身，不料天空里飞来十余架日本飞机，到江湾来掷弹，有一架日机正盘旋在我们的屋上，掷下一个大炸弹来。那时，我父亲正在楼上催促老太太快走，小少爷也在一块儿。炸弹正落在他们的所在，轰隆一声，屋子坍下来，人也一齐炸死了。我在后门边，虽然没有受伤，却见我父亲和老太太等都被炸死，怎不痛心？但是也没有法想了，遂一人逃生出来，一件东西也没有带。好容易到得租界上，向妇女救国会去问明白了小姐的地方，才到这里来报告给小姐知道。”

启英听了小金的一番说话，大叫一声，张开嘴吐出一口鲜血来，溅得衣襟尽赤。欲知后事如何，且俟下回再写。

评：

晏苟得是贪利昧良之奸商，前已略写及之。今得到此种结果，可谓天理昭彰。

晏子佳平日不知爱国，在花天酒地中过日子，今突受此巨劫，因杀父之仇而引起爱国心肠，甘输家财，代其亡父忏悔一切，可知凡人不受刺激不动心，刺激愈深，则愈肯努力。独孤臣孽子其操心也危，其虑患也深，故达，古人之言，信不欺也！

陶母疯痴情形，使启英见之，益增悲悼。

写陈家惨遭兵祸，与陶家仿佛，迭闻噩耗，芳心惊碎，宜启英之呕血也。噫！国难未已，家仇无复，身受之者，其中心之愤痛果何如乎？

第十八回

断脰裂胸守土有男儿
易装赴义复仇惊英雌

剑霞在旁瞧了这个情形，又是悲伤，又是发急，忙扶着启英，叫伊回房去睡息。此时，启英一句话也说不出来，被剑霞扶到里面伊的房间里去，向床上睡下，觉得心里扑通扑通地跳得十分厉害，四周天旋地转，屋子都在那里移动，伊心中的悲哀达于极点，所以有这现状。剑霞遂去请了一个医生前来，代启英诊过脉，注射了一针，叫启英好好休睡，不能多动。剑霞遂在房中做了伊的看护，另有一个看护照着时刻送药进来，给启英服下。这样过了一夜。

到得明晨，启英已觉得好些，血也没有吐过，只因为昨天伊先去探听亚美的消息，得知亚美死讯，心里正不胜悲愤，不料回到院中，又得到家中的噩耗，神经大受刺激，异常悲伤，所以吐起血来，现在注射过后，血虽没有吐，然而心中的悲哀却是一时不能停止的。伊在床上张着眼睛，瞧着立在旁边的剑霞，对剑霞说道：

“现在我也是个无家可归的人了，悔不早将我的祖母和弟弟迁到安全的地点，以致他们今天遭受这种惨祸。由此看来，他们的死，我也不能辞其咎的。”

剑霞叹了一口气说道：

“姊姊不必悲伤，人死不能复生，大概这也是各人的命运，你不是说过你家老太太非常坚执，不肯早早离家吗？倘然伊早一天走了，也不至于遭殃，偏偏这个炸弹丢得正着，以致他们都牺牲了。最可惜的自然是令弟啊！不过这一次牺牲性命的老百姓，真不知有许多呢！”

启英叹道：

“说什么命运呢？我以为都给日本人生生害死的，唉！国难严重，家仇惨深，我们未死的人应该如何去报仇雪恨呢？”

启英说到这里，握着拳头，在床边上捶了几下。剑霞恐防伊发了怒，又要吐血，遂用话安慰伊，叫伊不要多讲，免伤神思。恰巧一个看护送药水进来，启英服后，遂闭目睡着。剑霞坐在旁边，也不敢去惊动伊，这样休睡了两天，启英精神已全恢复，依然起来工作，不过面色充满着忧郁，想到了家事，每每背着人偷弹珠泪。至于那个小金，早由剑霞吩咐他到伊的家中做下人去了，所以小金的生活问题已解决了，不用启英担心。

这几天日本因为数次进攻不利，又换了司令，并且增派一部分陆军到来，向闸北、江湾、吴淞三处同时进攻，而更用全力来夺吴淞炮台，中日两军激战得十分厉害。启英等虽在租界上，而枪炮的声音听得很是清楚，每到晚上，日军开放大炮，隔数分钟放一炮，震得医院里的玻璃窗都激动有声，直到天明时方才停止，可见炮火的猛烈了。幸亏十九路军用着大无畏的精神死力抵抗，日军不能越过雷池一步，而进攻江湾的陆军反被六十一师杀得大败而走，将跑马厅的日军司令部占领，但是，医院里的伤兵络绎而来，加添了不少，于是启英、剑霞等更是忙了。

在下午三点钟的时候，又有一批受伤的将士是从吴淞炮台运来的。启英想起了以前的那个魏君武，又要问问炮台那方面的情形，遂到病室中去留心察看，走到一处，见有个年轻军官受了重伤，躺在那里，呻吟不绝。走近前细细一看，不觉惊呼道：

“你是不是魏君武先生啊？唉！怎么你受了伤呢？”

那军官睁开眼睛，对启英相视了一下，便挣扎着说道：

“密司可是陈吗？恕我有些不认识了。”

启英一想，我在这里穿了看护的衣服，使人家一时不容易辨识，而况他现在迷惘中呢，遂答道：

“正是，我就是启凡的妹妹启英，在这里担任救护的工作。魏先生如何受伤的呢？”

魏君武道：

“此次日军猛攻炮台，我们决心守御，但是他们用飞机来轰炸，我们缺乏高射炮，坐视敌机猖獗，防守更难。今天清晨，日军用七八艘军舰在海面排列着，向我炮台用炮猛轰。我们全体官兵一齐坚守，开炮还击，可是天空中又来敌机二十余架，向我炮台乱掷炸弹，因此有许多大炮都被他们炸裂。我们奋不顾身，情愿和炮台一起牺牲，所以死伤虽多，仍不退后。我正指挥一个炮兵将大炮瞄准敌人的一艘驱逐舰，开了三炮，眼见那驱逐舰受伤而逸，方才心喜。不料头上来了两架飞机，只一打转，掷了两个炸弹，一个正落在我的身旁。那时，天崩地裂的一声响，尘土与血肉齐飞，我也失去了知觉，醒来时方知我已经受了重伤，被红十字会救护出了炮台，送我到这里来了。我死不足惜，但愿炮台不要被敌人夺去，方才是好。闻得令兄已到东北去投入义勇军，可敬得很，我们为国牺牲，所谓求仁得仁，有何怨呢?”

魏君武说到这里，说不动了，喘着气，睁大了双眼，只是向启英直视。一个医生恰巧走来，指着他们对启英说道：

“此人胸口有重伤，大腿又被炸坏，稍停要想法将腿锯去，不知能否保留性命，危险得很，女士让他睡息，少和他讲话。”

启英闻言，只得退下，心里却很记念他，明知他凶多吉少了。果然到得明天早上，向那边去探听时，那魏君武在昨天黄昏，曾被医生用手术将大腿锯下，但是他的本力不够，延长到半夜两点钟，惨呼而死，现在死尸已舁去安殓了。伊听了这个消息，泪下如雨，想到以前自己和启凡在海边送他归去的时候，不过几个月的光景。那时，他曾慷慨激昂，说过誓死报国的话，现在他果然为国牺牲了。不过他也是新婚不久，可怜他的夫人听到这个消息，春闺梦里，不知又将洒无数血泪呢！唉！死的死了，去的去了，叫没有死的没有去的人又如何呢？从此，启英心里对于亡友，对于家人，充满着无限的悲哀，把日人更是咬牙切齿地痛恨。

后来，到了三月一日，十九路军和日人支持了一个多月，日本的陆军源源而来，白川大将又用海军到长江口侵扰，我们援军太少，防线延长，遂被日军占领了浏河，恐防后路被截，不得已，而撤退至第二防线。启英等听了这消息，连说：“可惜可惜!”全沪人士无不惨沮失望，然而这一个多月的血战，已雪不抵抗之耻辱，给敌人不少重创，使他们也知道我们的军队并非都是好欺的了，而民气也为之增加了许多生气，国际方面也得到很好的名誉，总是民族战争史上光荣的一页了。

以后，上海就有英使蓝浦森等四国公使出来调停，开起停战会议来。经过了许多时日，和许多次的会议，中日双方方才签字，日军也就陆续撤退，我们接管各处，秩序渐渐恢复。这伤兵医院也将告结束了，启英、剑霞二人遂告退出来，剑霞知道启英家中已完结了，遂要留伊在戴家居住，启英却要回到妇女救国会里去照常做伊的工作，然而这时却没有什么工作可做，会员也四散了，只剩一个空空的会所。启英又不胜慨叹，静中思量，家也没有了，祖母、弟弟都死了，友人也死了，自己的哥哥又早到东北去了，剩下伊孑然一身，劫后余生，还有什么眷恋呢？他们都为国家而殉身，我一人又何必偷生怕死？照这样无意味地活着呢，何不也出去做一番抗日的事业呢？想到这里，伊下了决心，要到关外去找寻伊的哥哥，也去加入义勇军了。但是，一则关山遥隔，孤身难行，二则关外大都已在日人势力范围之中，此去如入虎口，路上难免不生祸变的，所以伊虽有这个雄壮的志愿，可是事实上一时难以达到目的。伊正在踌躇的当儿，恰巧有一个机会来了。

有一天，伊到一个姓袁的女同志那边去盘桓，那女同志的一位舅舅姓彭名沛然，不日要到哈尔滨，因为彭沛然是跟随一个美国人，名唤洛盘脱的同往。洛盘脱本是上海的巨商，新近要调到哈尔滨永怡洋行去做买办，彭沛然向来帮助洛盘脱做事的，为人精明干练，很得洛盘脱信任，一定要带他同去，请他做营业主任。彭沛然起初不敢前去冒险，后给洛盘脱再三劝驾，答应可以保险他的性命，于是彭沛然只得答应了。这几天忙着摒挡行李，特地到甥女家里来话别。

启英在旁听得这个消息，又见彭沛然是个四十开外的忠厚君子，暗想：我何不跟他们同去？那么路上有那个美国人一起同行，或者可以避免意外的危险，只要到了哈尔滨，我就可慢慢地到绥芬河那边去探访我的哥哥了。这个大好机会，切不可以错过啊！想定主意，遂把自己出关的志愿和伊的女同志说了，再向彭沛然直言请求，彭沛然起初哪里肯答应这事？叫启英不必去冒这个危险，当义勇军不是容易的事，何况是上海的小姐，岂能吃得起这个苦？那边天气又冷，南边人前去，本来也要过不惯的，还能够荷戈杀贼吗？启英听了他的话，大为不服，和他辩论了一番，且再三恳求他的同意。彭沛然听启英说得十分激烈，态度诚恳，更饶有勇气，不觉心里也大为感动，答应伊须要先让他去和洛盘脱商量一过，倘然洛盘脱能够答应的，方能带启英同往，否则便不能成功了。启英见彭沛然已有允意，觉得很有希望，遂请彭沛然极力说项，务使这事成功。彭沛然答应了伊的请求，约启英明天早上仍在此间听回音。说罢，告辞而去。启英又在这里谈了一刻话，也回到会中去，将一些私事做讫。伊是一心预备到东北去了。

明日早上，又赶到姓袁的家里来听候回音，等了一刻钟，彭沛然果然来了，见面后，启英便问道：

“彭先生，这事怎样了？”

彭沛然点头笑道：

“总算你的运气，洛盘脱鉴于你的爱国热忱，又经我的力说，已允许了。不过伊以为带了一个中国的少女同走，总容易惹人猜疑的，所以要你改扮男装，路上较为便利。陈女士如对于这个不生问题，那就最好了。”

启英听了大喜道：

“只要你们肯带我去，什么条件都肯依的。我本来也想易钗而弁的，准从尊命便了，但不知何日启程?”

彭沛然道：

“就在这个星期六，我们要坐热田丸的日轮动身到大连，然后再坐南满火车转道前往。请女士赶紧预备，在星期六的午后三时左右，仍在此间相等，我当来伴你一同上船。至于船票，我当代购，一切旅资不用你费心，我愿代出。因为女士有这样爱国的热心、复仇的勇气，情愿牺牲千金之体，到那敌骑蹂躏下的地方去做抗日工作，真是非常难得的，这一些盘缠我不能赠送的吗?”

启英见沛然说得慷慨，便道：

“那么多谢彭先生了。今日是星期三，到星期六还有三天，到时我准在此等候彭先生便了。”

两人约定了，各自别去。这一天，启英回到妇女救国会里，便把会中事务交代给一个姓姚的接管，好在会务早已停顿，没有什么重要的事羁绊。明天下午，启英又赶到戴剑霞家中来，把这事情告知剑霞，剑霞知道启英早已决定，也就不去劝伊，只叫伊路上千万小心。恰巧晏子佳来了，交谈之下，得知这事，晏子佳很慷慨地愿捐五万元，充义勇军的军饷，且说他再当向几个朋友处去募捐，务须凑足十万之数，交给启英带去。又说，彼此友好，临别之时，理当一聚，要请启英在明天晚上到四马路味雅酒楼来，以便代伊饯行，并将捐款交奉，又请剑霞相陪。启英谢了答应，觉得晏子佳变得慷爽而明大义，自从一·二八以来，前后判若两人了。从此看来，一个人只要能觉悟就好，可惜外边有许多富家子弟，依旧沉迷不醒啊！三人谈到天晚，启英还要到别处去，所以先走。

到得星期五的晚上，启英已把行李等预备好了，伊的家园已毁，别无亲热的人，所以伊也无处去告别，遂坐了车子，到味雅酒楼来。晏子佳和剑霞已等在那里了，入席后，晏子佳请启英点了几样菜，又叫剑霞点了两样，吩咐侍者办去，遂和剑霞斟着酒敬给启英，启英喝了两杯，向二人道谢。大家说了许多话，启英尤其慷慨激昂，谈到国难家仇，声泪俱下，且对二人说：

“此去必须要多杀几个倭奴，情愿死在沙场，再不回沪来了。今日一别，无异永诀，但你们不必悲伤，因为我是为国牺牲的，希望有许多同志继续我的工作，那么虽死犹生了。”

二人闻言，也为之落泪。席散后，晏子佳取出一张十万元的中国银行支票，交给启英。启英谢了接过，说道：

“此款我当托此间中国银行汇至哈尔滨，由洛盘脱转交，方为稳妥。晏君慷慨好义，我敬代东北义勇军感谢。”

晏子佳又谦谢了几句，剑霞对启英说道：

“明日下午五点钟，我们当再到船上送行。”

启英道：

“不敢当的。”

晏子佳遂吩咐自己的汽车送启英同去。明日下午三时后，启英改装成一个男子，临镜照看，一些也没有破绽，心中甚喜，于是带着行李，坐了车子，赶到袁家。彭沛然恰巧已到，遂要伴送伊上船，姓袁的也要想送，且买了一些食物送给启英。启英受了，大家坐着汽车赶到热田丸上，启英先跟彭沛然到自己订的房舱里放下行李，然后由彭沛然引导去见洛盘脱。洛盘脱见了启英，很露惊讶之色，略谈几句，启英告辞出来，回到自己舱里，见晏子佳和剑霞已来送行了，送了许多应用的东西和食物给伊。

启英再三道谢，二人对着启英的身上只是瞧看，都觉得伊一变而为美男子了。当着人前面不敢说什么，坐谈片刻，因为船将要开出，晏子佳和剑霞等各和启英叮咛数语，握手而别，坐了渡回去。启英立在甲板上，挥着白丝巾，和他们告别。

不多时，船已启碇，载着个爱国女儿，离了繁华的春申江上，海天茫茫，到那白山黑水间去了。欲知后事如何，且俟下回再写。

评：

此回力写魏君武忠勇抗日，与第一回辉映。君武如此爱国，虽死不死矣！

启英既已毁家，满怀国难家仇之痛，遂有出关之愿，乃无意中遇一彭沛然，由彭沛然而识洛盘脱，方能成行。作者枉费苦心。

晏、戴二人为启英饯行，与启凡等出关启英为兄饯别时情形又自不同，作者力写晏子佳，欲勉世人之发出天良，以救此垂亡之中国也。

第十九回

机会幸逢他乡得同志
祸殃难免中道遇敌兵

哈尔滨在这个时候已沦陷于敌，充满着日军的势力。他们到了这个地方，日本的警察异常注意，幸亏启英和彭沛然处处紧随着洛盘脱走，虽然在上岸的时候不免被检查了一下，尚没有危险发生，到得永怡洋行，行中许多职员欢迎洛盘脱和彭沛然，见了启英，也只道是洛盘脱带来的随员，大家以为伊是南方来的美男子，却没有想到启英是乔装的假丈夫呢！洛盘脱欲免众人猜疑，所以暂时也派了伊一个职务，至于彭沛然实授了会计主任。经过一度欢迎大会后，大家就正式做事了。

彭沛然住在行中宿舍里的，启英也跟着在彭沛然的间壁一个小室里，独自住下。那时，晏子佳的十万元捐款已经汇到，启英仍旧交给洛盘脱的手里，自己就想探听伊哥哥等义勇军的下落。伊虽然知道那路义军以前是在玉带山、红螺集一带地方的，义勇军的首领名唤钟克毅，但是，不便向人胡乱探问，因为汉奸很多，往往对于无辜之人要造作蜚言，捉将官里去，好得功劳，为了他求荣献媚的缘故，便丧害良心，出卖同胞了。所以，启英有时托洛盘脱代为探听消息，洛盘脱见启英虽然是个女子，而办事很有能干，学问很好，英语也讲得流利，因此心上甚是爱伊，劝启英不要冒险去做义勇军，不如就在这洋行里专心做事，将来倒很有希望。启英对洛盘脱慨然答道：

“现下国家的存亡也不能推测，倘然国家亡了，我个人虽然有钱，然而又有何用？凡有血气的人，谁能够伈伈伣伣做亡国奴呢？所以，我不惜千辛万苦，想尽方法，跟随先生到这里来，无非是寻觅机会，投到义勇军中去挥戈杀贼，虽死犹生。现在我只希望找到我哥哥的一路义勇军所在之处，立刻就要投奔到那里去，跟随我哥哥和诸同志一起做那抗日救国的工作，方才不负我出关来的宗旨。我并不想赚钱，还希望先生们在这点上帮助我，那么感恩不浅了！”

洛盘脱听了伊这几句说话，点头叹道：

“中国人倘使都能够像这位小姑娘的决心爱国，恐怕东省不但不至于陷落，而蕞尔三岛也不难踏平的了。”

遂答应启英尽力帮助，绝不再劝伊在洋行里做事。又隔了十数天，洋行办公时间将近完毕的时候，有一个仆欧跑过来，通知启英说，停一会儿大班要请陈先生和彭先生过去谈谈。原来启英是派在彭沛然会计处打字的，所以两人同时答应。隔了一刻时候，已是五点钟了，洋行里大小职员有的回家去，有的休息去，彭沛然便和启英锁上了会计室的门，走到洛盘脱的办公室来。此时，室中办公人员都已走空，只有写字台旁边独坐着一个风尘满面的健儿，穿着灰布袍子，身躯十分魁梧。洛盘脱正和那人低低谈话，一见二人前来，连忙立起招呼。彭沛然道：

“因为密司脱洛盘脱见召，所以我们二人匆匆赶来，恕我们失礼，没有叩门。”

洛盘脱笑道：

“不要紧的，我本来等你们来，没有将门关上，不比在私人室中啊！现在我们大家坐了再说。”

遂又指着那健儿说道：

“我来介绍你们相识。这位是密司脱戴浩然，以前在这洋行里服务过的。”

又指着二人说道：

“这位老先生是密司脱彭沛然，精通会计之学，是我特地从上海请他到此的。”

又指着启英说道：

“这位是密司脱陈启英，也是从上海一起来的。”

启英和彭沛然经洛盘脱介绍之后，一同坐下，却不知洛盘脱何以介绍他们和这位姓戴的相识。洛盘脱燃了一支雪茄烟，吸上两口，吐出了烟气，便对启英笑道：

“你托我的事，今日我已办到了，巧得很。”

遂又指着戴浩然说道：

“他以前在我们行里做事的，听说为人很是精明，后来九一八变起后，他就弃了职务，投入义勇军去，和日本人苦斗。现在因为义勇军失势，他流亡到别处，辗转回到哈尔滨来，缺少盘缠，因此到行中来想法。我虽然和他未曾同事过，却对于旧时行员来见的人，我都肯容纳，问起他的经过，方知他是在那姓钟的义勇军部下，你的哥哥密司脱陈，他也相识的，这真是天下最巧的事了。所以，我请你们来和你谈谈，省得我传说不清，你们可以问答得明白一些了。”

启英点点头，便向那戴浩然问道：

“戴君是在钟克毅部下的吗？和我哥哥陈启凡认识的吗？”

戴浩然点点头道：

“正是，我以前是投在钟克毅部下第三团苏阳部下，当令兄和一个姓朱的、一个姓南宫的到狮子峪来加入义军时，我在第三团中做连长。令兄也做连长，但是他不同我在一营里的，所以认识是认识的，却不十分相熟。我们因为令兄等都是南方人，能够抛弃了家乡，到关外来投义军，做抗日的工作，真是不可多得，所以团长也很赏识，格外优待。后来，我们出兵反攻，屡次得胜，把失去的地方收复，令兄屡立奇功。有一日，过了绥芬，却遇着大批日军前来增援，炮火猛烈，飞机轰炸不止，我们的一团竭力苦战，到底因为众不敌寡而失败了。我们的团长誓死不退，以身殉国，只有一百人左右逃散开来，我就是其中的一个。”

他说到这里，启英面色渐渐发白，急向他问道：

“那么我哥哥的性命如何？你可知道吗？”

戴浩然又说道：

“那时他已升了营长，同反正的李正一军驻守绥芬城，所以没有经过这场浴血大战。但是后来我探听得绥芬城也被日军包围，攻打十多天，令兄等夺围而走，也不知下落了。”

启英听了，十分叹息，又问姓朱的怎样了，戴浩然摇摇头说：

“不知道，即此一役，我们这里的义军受了重创，望后退去。日军却乘胜进攻，两军相持于大青河，义军靠着地势的险要，尚没有被日军包围。我因归路截断，辗转流落，回到此间，住了多天，囊中金尽，所以到这里来请求大班和诸位先生救济。且喜新大班很优待我，答应帮助，使我十分感激。他听我说过曾做义勇军，就向我探听令兄的消息，一边就请陈先生和这位彭老先生前来和我相见，请问陈先生是不是要来寻找令兄回去？”

启英摇摇头道：

“虽然是要寻找他的下落，可是他已立志为国牺牲，我是他的兄弟，断乎不会阻抑他的壮志的。我因为一·二八之役，在上海目击倭奴种种不人道的举动，因此情愿出关来，和我哥哥一起同心抗日。”

戴浩然听了启英的说话，十分敬重，又见这样秀丽的美少年，在北方更是少见，遂说道：

“陈先生的志气很好，现在的南方人似乎以为东三省是很远的边陲，虽然失去了，对于他们没有切肤之痛，所以积极援助的很少。却不知倭奴的野心既大且远，只要把东三省的义勇军扫灭了，除去后顾之虞，他们就是一边夺热河，攻察哈尔，一边占山海关，渡滦河，进窥平津，这祸患没有底止的呢！我们此时不抵抗，将来悔之莫及了。你们弟兄俩抱着大无畏的精神，能够出关来加入义军，真是难得。倘使关内同胞都能够像你们一样，那么日人不足惧了。”

启英微笑道：

“承蒙戴君过誉，愧不敢当。这是国民应尽的天职，不分关内关外的。可惜我不能够知道我哥哥的所在，又对于这里的途径不熟，未能冒险前去，深为抱憾。”

彭沛然听了，在旁插嘴道：

“从这里到大青河那边，有山有水，路中非常难走，有的地方有日军驻扎着，必然不放陌生的华人过去，有的地方还有土匪，危险得很。”

启英带着沉着的面色说道：

“这是不能细细过虑的，我只要有人引导，无论什么龙潭虎穴都肯去的。既然到了这里来，虽有危险，也不能有畏心的。”

说到这里，又向戴浩然问道：

“戴君到了此间，可想再回到原来之处重做义军吗？”

戴浩然道：

“当然要想回去的，可是缺乏经济，徒唤奈何！”

启英连忙说道：

“戴君若然想回去的，经济一层我愿担任，不过要请你引导我前往，使我弟兄可以重逢，那感谢不浅了。”

戴浩然说道：

“那么我愿伴陈先生同去一遭，好在我的性命早已置之度外，陈先生从南方来相助我们抗日，我们关外人难道不想自救的吗？我岂肯中道停止呢？”

洛盘脱在旁听了，不禁拍起手来。彭沛然也连连点头，于是大家约定三天后，戴浩然再到这里来引启英前去，握手而别。洛盘脱和彭沛然自戴浩然走后，叮嘱了启英许多话，叫伊千万好好地当心。启英也很感谢二人的美意。三天的光阴一刹那间便过了。

第三天的下午，戴浩然便走到永怡洋行里来领导启英。大家见面之后，洛盘脱取出二百块钱，送给二人为盘缠，彭沛然也捐助一百元，临别珍重，说了许多话，方才告别。洛盘脱、彭沛然要避众人耳目，所以不能相送。启英要求行李简便，遂带了一条毯子和一条棉被，以及一支手枪、二三百块钱，此外的东西都存放在彭沛然处，还有晏子佳捐的十万款项，此时却不敢带，仍放在洛盘脱处，以便他日重来领取，遂跟着戴浩然，离开了永怡洋行。

走过了几条繁华的街道，渐走渐见冷落，那里都是农民住域，戴浩然把启英引至一家矮屋里面去。有一个中年的男子和一个中年妇人抱着一个小孩子的，坐在那里谈话，一见二人走进，一齐立起来，男的忙说道：

“戴大哥，你回来了！这位先生是不是你说起的陈先生?”

戴浩然回答道：

“我的希望已达到了，明天我们就要动身到那儿去的。这位就是我新认识的陈同志，他是从南方来的，真义气。”

说罢，又对启英说道：

“我来代你介绍吧！这位李长发是我的老朋友，他们夫妇二人一向在此耕种田地的。我到此间就借住在他家，我们的李兄很是慷慨的。”

说罢，大家坐下，屋子后面走出一个长工，献上两碗茶，大家闲谈闲谈。启英觉得那李长发虽是农民，却也很知爱国，不过大家不敢多讲这事，恐防遭殃。稍停，有一个穿着蓝布单长衫的少年，挟着一个书包，走进来，先叫应了李氏夫妇，又对戴浩然唤一声大叔。浩然遂对启英和这少年介绍，方知这少年就是李长发的儿子李正风，在本埠一个初级中学里读书。启英瞧瞧他读的教科书，早经伪满洲国改变过了，由此可知日人不但要亡我的国，又要灭我的文化，思之，不寒而栗。

当晚，李长发杀鸡煮肉，备了酒，和二人饯行。戴浩然又向启英说：

“明天走的时候，必须改装农民，方可减少危险。”

启英道：

“此言甚是，不过我没有农民的衣服，如何是好？”

李长发道：

“我家正儿却有这种衣服的，因为他有时也要帮助的，明天我可取出。”

于是，晚饭后，李长发便请启英去和他儿子同睡一炕上，且说今晚有屈陈先生暂挤一夜了。启英暗想：我是一个闺女，怎可和人家的少年男子同睡在一起呢？但是又不好说明，只好勉强答应。李正风遂照着煤油灯，引导启英到他的房中去。那房是在他父亲房的后面，只隔着一层芦帘，倒也清洁。李正风要读夜书，请启英先睡。启英只得在里面的一边睡下，但是哪里睡得着呢？静听着正风读书，心中很多感慨。李正风读了长久，方才脱了衣，在启英足边睡下，把身子远远地躺着，似乎不敢惊动客人。不多时，已打着盹睡着了。启英方才安心闭着眼，渐渐睡去。

到了明天一早，启英醒来时，正风已起来了，等到启英起来洗面漱口，正风已告辞到校。启英心里想想昨夜的情景，未免暗暗好笑。只见李长发托着一身衣服，和戴浩然走将进来，戴浩然早已改装好了。启英和他们说了几句，遂请二人出去，容伊慢慢改装，自己赶紧装扮好，取过镜子照看，几乎连自己都不认识了，遂走到外面，见戴浩然已整装以待。戴浩然又去助着启英，将伊的行李整理好，带笑对伊说道

“行装不多，待我来一起带着走吧！”

启英道：

“多谢戴先生。”

二人遂辞别了李家夫妇，取道离开哈埠，向红螺集那边走去。昼行夜宿，一路走了不少日子，路上倒还平安无事。一天，二人在路中走着，戴浩然对启英说道：

“前面过去将到王家庄，我们须要小心些，只要到得大青河，就可无事了。”

启英在这几天连日赶路，疲乏不堪，而这种苦伊是决心忍受的。这天已来不及赶到王家庄，就在附近一个村子里住下。次日，依旧向前赶路，日中时早到王家庄，二人不敢逗留，忍着饿，急欲走过去。已走过王家庄了，前面却来了三个日军，见二人形迹可疑，定要检查，二人苦哀求不脱，将行李打开来看看，没有什么危险物，再来搜查二人身上，二人各有一支手枪，手枪都藏在裤子里的，不觉急得面如土色。一个日军拉着启英，将在伊身上摸索，启英一则不肯给他乱摸，恐防露出破绽，二则知道这场祸是免不脱了，遂带笑对日军说道：

“待我自己解下衣服给你看吧！”

日军遂立在旁边喝道：

“快脱！”

启英遂从裤腰里取出那支装着子弹的手枪，对准那个日军，砰的就是一枪。日军不防，中弹而倒，戴浩然也取出手枪，向那两个日军开放，一个倒在地下，一个受了伤逃去。戴浩然便对启英说道：

“不好了，我们快逃吧！”

于是二人行李也不要了，只将钱取了，放在身边，赶紧向前面山野里奔去。戴浩然觉得启英跑不快，遂拖着伊的手同奔。恰巧那边有个庄院，门前一棵柳树下，系着一匹白马，戴浩然不管是谁的，忙过去解下缰绳，拉过来叫启英快快骑上。启英也老实不客气坐上了马，一个在马上，一个在步下，仍向前奔去，早听背后铁骑震震，枪声大鸣。二人回头一看，正有一百多日骑兵向这里追来。启英忙将鞭子在马屁股上狂鞭着，向前飞逃。戴浩然就知道跑不掉了，连忙伏在草里，向后面放枪，首先马上一个骑兵中枪而颠，后面敌骑火至，弹如雨下，于是这个北方健儿戴浩然就为国而牺牲了。日军又向前追去，渐追渐近，启英回转身开了数枪，但是伊学习的功夫不深，又在惊慌之际，哪里能够放得准呢？日军的子弹也唰唰地从伊头上飞过。在这时，又听喤喤的声音，前面有一架飞机飞来。启英知道这是敌机，心里更加惊慌，真是前有拦截，后有追赶，启英的性命已在非常危险之地了。欲知后事如何，且俟下回再写。

评：

写启英与洛盘脱之对答，能使无国之人起敬，而本国同胞反多伈伈伣伣，甘为亡国奴者何哉？

出戴浩然所以为启英与启凡兄妹重逢地步也。启凡之事，略从戴口中叙出，甚是清晰。

写启英与李正风同睡，涉笔成趣。

中道忽遇日兵，何等危险？既脱险矣，又有追兵。读至此，尝为启英急煞。

第二十回

脱险履安重逢骨肉
会师抗日大播声威

这时，前面的飞机飞得很近，愈飞愈低，向启英的头上渐渐落下。启英以为敌机将掷炸弹，自己的性命快要完了，却不料飞机上垂下一根绳来。启英见了这根绳子，知道是来援救自己的，伊就不管三七二十一地从马背上向上面耸身一跃，双手搭住了绳，手里的手枪也抛掉了。那绳子立刻抽上去，抽得很快，启英已到得飞机边缘，机上早有一个男子把伊拉上机中去，在他一边坐下。

这时，日军已追到了，见他们追的人被飞机救去，众日兵也非常惊异，一齐开枪，向这飞机射击，那飞机旋转数下，早已飞到很高的天空里，为马枪所射击不着了。

启英坐在飞机上，惊魂初定，见飞机上连驾驶的共有两人，都戴着皮制的帽子，鼻架眼镜，一时也瞧不清楚面目。天空中的风非常之大，刮得启英一口气噎得几乎回不转来，同坐的男子连忙取过一个皮面套，代启英戴上，方才可以避风。同时，这飞机向南面疾飞而去。启英闭着眼睛，好似腾云驾雾的一般，偶一张眼，见下面山峰好像一簇簇的土馒头，飞也似的向伊身后跑去。黄沙茫茫的是荒野，白色如细带的是小河，足称奇观。因为伊还是破天荒第一次坐飞机呢，但是风沙很大，使伊不敢多看。

这飞机在天空里飞了不到一个钟头，渐渐慢了。启英睁开双眼，见飞机正盘旋着向下面降落，启英暗想：大约已到了他们所在了，横竖自己立志到关外来，生命早已置之度外，方才被日兵追得紧急，本来已难活了。他们既援救我到此，绝无恶意，大概这是一路义勇军了。不过，怎样他们会有这飞机呢？倒也很奇怪的。伊心上正在想着，飞机已降落到地面上。飞机停后，那两个男子取下面具和眼镜，走出飞机来，启英也将皮面套除去，跟着一同走将出来。一个长身的少年男子向伊问道：

“你从什么地方来的？为何被日兵穷追？”

启英答道：

“我姓陈，是从哈尔滨到此的，途中被日军搜检，我们忍不住开枪击毙两个日兵，一同逃走，日军追来，把我们同伴击死了。”

那男子听了伊的话便道：

“咦！你是南方人，声音很清脆，能够讲这官话，倒也很好听的。好！你是一个有胆量的同志，我们是义勇军，就领你去见我们的首领吧！”

启英点点头，跟着两人往前走。细察这里，虽是一片平原，而四周围都有山峰合抱住，好似在崇山峻岭之中，形势很好。走得不多路，前面有两个义勇军的哨兵立在那里守望，两个男子走过去时，打了一个招呼，哨兵向启英看了一眼，不说什么。启英跟着又向前走了半里多路，过了几处巡哨，早见前面有一座庙宇，庙门前挂着一面半新旧的青天白日旗，立着两个哨兵。启英见了国旗，不禁又悲又喜。长身的男子道：

“跟我进来吧！”

走进了庙门，便是一个很大的庭院，两边有两株大榆树，把日光遮住了一半。走到佛殿上，那佛殿已变作了办公厅，里面也有两个健儿坐在那里谈话，一见二人进来，都立起相迎。但是见了启英，面上都露出惊异之色，长身的男子问道：

“朱司令在哪里？”

刚才说了这一句，佛殿后革履之声橐橐，走出一个少年，穿着绿色的制服，相貌俊秀，先向长身的男子带笑问道：

“文同志，你回来了吗？辛苦辛苦！可曾探听到什么？”

姓文的就答道：

“司令，吉敦路一带驻扎的日军不多，听说都调到别地去了。其他不见什么动静，却被我救得一位同志到此，这人是南方来的，装扮着农民模样，真有些奇异。我带得来了，司令问问他看。”

说罢，将手向启英一指，同时启英早已细细瞧清楚了那个少年的面庞，所以少年刚向伊看时，伊早已走上一步说道：

“司令，你就是密司脱朱啊！你大概不能认识我了。”

那少年给启英一说，听了伊的声音，又看了伊的面庞，很惊异地问道：

“你是谁？你莫非是……”

说到这里，又顿住了。启英道：

“我就是陈启凡的妹妹启英，大概改了装，你不认识我了。”

那少年说道：

“哎哟！你是密司陈吗？怎样来此的？请坐请坐！我倒要问问你怎么走到这里来的。”

启英笑了一笑，和那少年一同坐下，坐飞机的两个男子也坐在一边，大众听伊讲。作者趁启英告诉的时候，也就将这少年交代一遍。

原来，这少年正是朱彦。当去年钟克毅义勇军在王家庄和日兵血战，不支而败北的时候，苏阳的第三团不是几乎全军覆没了吗？那时，唯有朱彦和三四十个同志逃出重围，不择途径，只向山中退去，因此没有和钟克毅的溃残之众取得联络。等到绥芬失陷，日军已至大青河时，他们的后路早已截断，一时不能回去，只好在外间山谷中暂时栖身。朱彦探知种种消息，本想往投王德林的，只因途中也有不便。后来遇到了别一路义军，人数也不过二三百人，为首的首领陆济时，和朱彦见面之后，很是投契，大家遂合并在一起。

那路义勇军的根据地就在三阳谷，四面是山，路径秘险，是日军足迹不能到的地方。朱彦自和陆济时合并之后，积极扩充，曾夺得日军的辎重，出去扰乱几次，尚称顺利。不料后来有一个雪夜，陆济时亲率百数十健儿，往劫火车，被一个奸细泄露了消息，所以日兵早有防备，等到陆济时等进发至相当地点，日军暗暗移动，将他们包围住，四边一齐开起机关枪来，突突突地一阵乱扫。风又大，雪又深，可怜陆济时等百数十健儿一个也没有走脱，都牺牲在日军枪弹之下。过后，朱彦方才探得这个消息，不胜悲悼。陆济时的部下因为朱彦英明果敢，便请朱彦做了首领，于是朱彦重把部下变作数小队，因为实力太薄弱，所以不敢向日军大举进攻，一边招募同志，一边派出人去探听钟克毅的消息。

有一天，朱彦带了二三十名部下，在三阳谷外巡探，忽见东边有一架日本飞机开来，朱彦等大家伏下，正要举枪开放，而那架飞机自己渐渐落下地来，走出一个少年。朱彦等见是自己的同胞，不胜奇异，跑出来将他围住，叩问他的来历。那少年见了义军，也并不惧怯，向朱彦告诉说，他姓文，名四维，以前在沈阳飞机厂中服务，是个驾驶人员，精于航空。九一八这役，被日军掳去，一直做他们的奴隶，心里总想乘机免脱，义不愿食周粟。此次跟随日军某飞行大佐驾着侦察机到敦化，他乘间窃得此机而逸，飞到这里。机中缺乏了油，不得不强迫而降落，但是这里并无机油，一时无法可想了。朱彦听了他的报告，知道他也是一位爱国同志，非常敬重，遂把自己的来历告知他，文四维也很佩服。朱彦便问他想到哪里去，文四维道：

“我仓促逃逸，也并无目的之地。”

朱彦道：

“那么就请文兄同我们一起在这里，待时而动，可好？”

文四维一口答应，很表同情。

于是朱彦吩咐部下将那飞机想法抬起，自己握着文四维的手，回到谷内，把飞机安放在旷场上。又吩咐部下着手造起一个小小的飞机场来，以备他日之用，又和文四维讲起九一八之役，二三百架飞机一齐送于日人之手，非常可惜，不能不怪当事的毫无防备了。后来，文四维把机上太阳标志除去，朱彦也派人出去设法将机油购到，以便飞驶。但是，这一架飞机也没有多大用处，不过有了它，将来容易传达消息，侦探敌情了。

这一次朱彦请文四维带了个部下姓柴名虎的，一同驾着这飞机出去侦探敌情，因为他想出去活动一番，夺取些粮食和军械，不料竟救得启英回来，也是启英的幸运了。

当时，朱彦等听启英讲毕，大家对于启英这次乔装出关，冒这个重大的危险，非常钦佩，对于戴浩然的中途遇险，也很惋惜。朱彦又闻得启英家中受的刺激，联想到自己在吴淞的小园，当然不消说得已毁灭于日人炮火之下了。想起那时初见启英兄妹的时候，自己和启凡慷慨出关，挥戈抗日，将近一年，却没有什么劳绩，而国事日非，敌焰高涨，更使他心里不胜悲愤。

启英见了朱彦，不见伊的哥哥，便向朱彦询问启凡的下落。朱彦一一详告，且说：

“令兄夺围而走，大致无恙的，不过一时彼此不知下落罢了。现在且请密司在此间暂居何如?”

启英听了，也只得暂和朱彦同在一起，遂改换了服装，朱彦另辟一间房屋给伊居住。启英因无事可为，遂帮着朱彦记录，暇时和朱彦、文四维等谈谈，志同道合，自然非常投契，不过伊心里有时想到伊的哥哥，心里非常思念，恰好朱彦探听得钟克毅等义军依然在大青河，和日军相持，但因为绥芬、王家庄等都有日军驻扎，自己的义军不能通过，遂决定坐着飞机，冒险前去探访。当然启英也一同走的，遂和启英、文四维商量一番，二人都很同意，于是朱彦就叫柴虎代自己率领部下，不得轻出，他们三人遂坐着飞机出发，居然很平安地越过日军防地，过了大青河，才得和启凡等相见，真非容易的事了。

兄妹相逢，无限快慰，但是启英怎会和朱彦一同坐着飞机到此？这却莫名其妙了。

朱彦早上前和钟克毅、谈虎、启凡等相见，且介绍文四维和众人相识。启凡又介绍启英和钟克毅等相见，于是大家一同走到司令部里去坐定了，各把他们的经过事情彼此告诉。启凡听到自己家中人除了他们兄妹俩，一齐都被倭奴所害，不觉放声大恸，对于幼弟的惨死，更是可惜。启英也掩面而泣，被谈虎等劝住。朱彦等启英讲毕，也把自己的情形约略告诉。钟克毅大喜道：

“我以为你总和苏阳等战死了，却不料还在人间，竟能独树一帜，很觉安慰。现在我们正想出兵攻打绥芬，因为我已探得那里的日军多数已调往北满，兵力空虚，我们正好乘机而动了。”

启凡也将自己的事告诉朱彦。大家也谈起南宫长霸和李正二人，却都不知下落，料想已为国牺牲了，非常可惜。于是钟克毅把自己如何进兵的计划告诉众人听，且说，千金寨的葛人俊来了，也已约好今天要到此地的。大家谈了一歇，果然葛人俊来了。大家见面，都称侥幸。启凡又介绍启英、包人英二人和葛人俊相见，于是众人就在这里欢宴一番，商定一切。

隔了一宵，葛人俊先回去，将他新练的骑兵开来加入作战，启凡也同包人英要回大华山去，约定日期，从大华山那里侧攻绥芬。启凡要带启英同去，启英自然跟伊的哥哥去了。朱彦也同文四维坐了飞机回去，到时会师绥芬，抄日军的后路。钟克毅等众人去后，也和谈虎准备进兵。

且说启英跟着启凡到了大华山，见了包母，包母知道启英是启凡的胞妹，十分敬重。启凡又把包人英的秘密和自己的关系向启英吐露，启英不觉更是佩服，此间竟有这样奇女子。包人英也钦佩启英爱国的精神和冒险的魄力，所以二人虽然初见，已是非常投合。启英又将陶亚美的死耗告诉启凡，启凡听了，心里也很悲悼，想起以前自己做的噩梦，果然是应验了。

到得预定的日期，启凡和包人英、启英率领部下，离了大华山，向绥芬侧面袭击，早听得前面枪炮声。原来钟克毅的一路义军早已偷渡大青河，突然向绥芬攻打了。启凡赶紧催动部下上前接应，王家庄和清心店本来各驻有日军一二百人，闻得绥芬惊耗，正想来救援，不料朱彦等一路义勇军同时从背后杀来，鏖战多时，日军不支，纷纷溃退。绥芬于是被义勇军包围，血战一日夜，日军见形势不好，只得弃城而走，被朱彦和启凡的两路义勇军邀击一阵，把日兵杀死无数。钟克毅遂复夺了绥芬，又得了王家庄、清心店两处，声势重振。

恰巧日军方有事于北满，不暇兼顾，钟克毅犒劳诸军，重和启凡、朱彦、葛人俊等再商进攻吉敦路的计划，以便和王德林的义勇军取得联络，只是军火还嫌缺乏。启英想起晏子佳的捐款来，遂告诉给众人听，且说伊愿意重到哈尔滨去取款。钟克毅听了，便道：

"这是最好了，谈参谋有熟人在那里，可以想法，就将这款向日本的浪人偷买军火，秘密运来，那么有烦谈参谋伴同陈女士辛苦一趟吧！"

谈虎点点头道：

"很好。"

启凡却没有表示。朱彦在旁瞧他的情景，似乎不放心让他妹妹去，便道：

"我也情愿陪同一走可好？至于这里的事有钟司令和启凡兄等主持，我的部下依旧愿听调遣。"

钟克毅和启凡听了，都说很好，于是三人决定明天动身。

到了次日，谈虎和朱彦都是装作商人模样，启英便问伊自己可要改换男装，谈虎摇手道：

“这请女士不必，我们有了妇女同往，倒可以使人家相信我们是商人了。改装反有危险。”

启英遂跟着谈虎、朱彦向钟克毅等告别。启凡叮咛数语，又和包人英送至王家庄，方才分手。

启英等去后，钟克毅和启凡等整军经武，将部下分守各处，倘有敌军到来，又可互相策应，不受包围。这一路义军在绥芬那边和日军相持很久，屡进屡退，直到东省李杜、丁超等各路义军消灭的时候，他们还在深山峻岭之中，依旧不退，愿效田横五百烈士，誓不屈服，可歌可泣，足够表示我民族尚有一种百折不挠的精神。

作者写到这里，正华北停战协定签字之日，无限悲愤，就此搁笔了。正是：

拼将碧血洒边土，赢得千秋义士名。

评：

天半飞机，突如而来，将启英救出，局势甚奇，而忽遇朱彦，奇之又奇，其实作者早已安排好矣！

兄妹重逢，至此方与十四回衔接，而已恍如隔世矣！

写义勇军声势复振，却戛然而止，事虽可念，意亦堪惜。结句只轻轻一语，作者之意可以见矣！

图书在版编目(CIP)数据

国难家仇 / 顾明道著. -- 北京 : 中国文史出版社, 2018.5

(民国通俗小说典藏文库·顾明道卷)

ISBN 978-7-5034-9961-6

Ⅰ. ①国… Ⅱ. ①顾… Ⅲ. ①长篇小说-中国-当代 Ⅳ. ①I247.5

中国版本图书馆 CIP 数据核字(2018)第 009886 号

点　　校：清寒树　旷　野

责任编辑：薛媛媛

出版发行：中国文史出版社

网　　址：http://www.chinawenshi.net

社　　址：北京市西城区太平桥大街 23 号　邮编：100811

电　　话：010-66173572　66168268　66192736（发行部）

传　　真：010-66192703

印　　装：廊坊市海涛印刷有限公司

经　　销：全国新华书店

开　　本：720×1020　1/16

印　　张：14　　字数：150 千字

版　　次：2018 年 5 月第 1 版

印　　次：2018 年 5 月第 1 次印刷

定　　价：42.00 元